LES DIABLESSES

DE CASTILLE

CHRISTOPHE LAVIGNE

À ceux qui combattent

Cette fiction s'inspire de faits authentiques s'étant déroulés dans la région de Madrid, de juillet à novembre 1936.

Première partie

1.

Madrid, matin du 13 juillet 1936. Cabinet d'avocats Ortega.

Ça avait commencé comme ça.

J'étais installé dans mon fauteuil rotatif, penché sur le bureau en marqueterie, pipe en main. Mon regard passait de la fumée bleutée, que je recrachais voluptueusement, au petit monticule de papiers qui s'étalait orgueilleusement sous mon nez. Des feuillets dactylographiés. L'affaire « tomates de Murcie », comme je l'appelais. Un obscur démêlé entre marchands d'agrumes et propriétaires terriens, le tout sur fond de corruption et autres combines. C'était un registre à la mode, ça. Mon client, un puissant négociant madrilène, accusait ses fournisseurs du sud de pratiques spéculatives et d'une entente sur les prix. Une part non négligeable des fonds ainsi générés serviraient à animer la vie politique locale. Pots-de-vin, achats de votes, combines entre initiés, etc. Bref. Le lot standard de l'Espagne de cette première moitié de siècle, en plus des effluves de soufre et des coups de main sanglants des pistoleros.

Plusieurs heures que j'étais claquemuré dans mon antre embrumé. C'était à croire qu'un dragon avait traîné ses griffes dans la pièce. Je sentais mon encéphale ramollir et cuire lentement dans son jus. Chaleur de juillet. La redoutable canicule des plateaux de Castille. Elle emplissait la pièce malgré les sombres voilages disposés aux fenêtres. La veste de flanelle était tombée dès mon arrivée matinale au bureau. J'entrepris de défaire mon col et de me mettre en bras de chemise. Une sueur salée perlait sur mon front.

Faire une pause, ouvrir, aérer et purifier cette atmosphère viciée. J'allais terminer mon fond de tabac à la fenêtre. Accoudé et distrait, je contemplais la circulation de ce milieu de matinée.

La façade de l'immeuble de prestige abritant les locaux du cabinet Ortega donnait sur Gran Vía. Ciel d'été, d'un azur profond et sans nuages. Le décor pompeux et quelque peu factice de l'avenue se déployait sous mes yeux. Au fond du petit canyon formé par les imposants édifices filaient quelques Hispano-Suiza rutilantes et d'autres véhicules plus modestes. Pour un peu, on aurait pu se croire sur une quelconque grande artère d'une cité d'Amérique.

Sur le trottoir d'en face, je remarquais un groupe de jeunes femmes en tailleurs marchant d'un pas svelte et dégagé. Très certainement des standardistes de la Telefónica. L'immeuble était à deux pas. Ou bien de jeunes secrétaires œuvrant dans l'une des nombreuses compagnies d'assurance du quartier. L'une d'elles était radieuse. De loin, on pouvait deviner sa fine silhouette ainsi qu'une chevelure épaisse et ondulée. Noire comme le jais.

□

J'étais perdu dans cette contemplation un brin érotique lorsque José Ortega frappa à la porte et pénétra sans attendre de réponse. C'était dans ses façons. Il paraissait plus nerveux qu'à son habitude, voire franchement agité. Sa mèche gominée pendait rageusement sur son front.

— Falco, le patron nous veut dans son bureau.

— Maintenant ? lui demandais-je niaisement tout en agrippant les boutons de manchette qui traînaient sur un coin de table.

— Non, pour la semaine prochaine, me lâcha-t-il d'un ton acerbe. Magne-toi !

Il repartit à travers le couloir tel une furie, sanglé dans son costume croisé. Impeccable. Le claquement des talonnettes était amorti par l'épaisse moquette. Pendant que je remettais de l'ordre dans ma tenue, je l'entendis exécuter le même manège à travers les bureaux voisins. Aucun doute, tout le cabinet était convoqué.

José, ou Pepe pour les intimes, était le fils et hériter de Luis Ortega, célébrissime ténor du barreau madrilène, désormais proche de la retraite. Ce dernier était aussi mon employeur. Et mon protecteur.

Je n'avais jamais pu saisir les raisons qui poussaient Pepe à affubler son pater du titre peu élogieux de «patron». Cela sonnait mal, surtout dans la bouche d'un fils. Derrière ce quolibet je soupçonnais une volonté d'affirmation et d'émancipation. Un petit rien de l'ordre du défi. Finalement on sentait bien que le fils avait grandi à l'ombre oppressante de la figure paternelle.

Une autre chose sautait aux yeux. Pepe, qui avait approximativement mon âge, crevait littéralement de jalousie à mon égard. Cela datait de mon arrivée au cabinet, près de deux ans en arrière. Son père, don Luis Ortega, m'avait immédiatement adopté dans l'équipe et pris sous son aile. Avec une grande affection et beaucoup de patience, il avait cherché, avec un plaisir non dissimulé, à m'instruire des ficelles et autres astuces de la profession. Cela ne manqua pas de susciter une animosité viscérale chez le fils, malgré mes beaux efforts visant à établir des relations pacifiées et équilibrées. Au moins n'y avait-il pas de coups bas et autres saloperies, et c'était bien là l'essentiel. Finalement une forme de coexistence, de paix armée, s'était instaurée entre nous. Seuls la noirceur fugace de certains regards et le timbre parfois hargneux des voix laissaient transparaître l'authentique nature de nos relations.

Je finis par renoncer à replacer le bouton de machette droit. N'étant pas gaucher cela tournait irrémédiablement au drame. Et le temps, là, n'était pas avec moi.

À travers le couloir, tout en passant ma veste, je tombais sur Alberto qui surgissait de son bureau. Finalement je n'étais pas le seul retardataire à me rendre à la réunion. Il stoppa net son élan pour me laisser passer. Sourire de connivence. Le regard du quinquagénaire bedonnant pétillait insolemment par-dessus ses petites montures dorées. Alberto avait toujours eu ce don pour mettre à l'aise, quelles que soient les circonstances.

Il m'interpella tout en m'emboîtant le pas.

— Alors Falco, on t'a dit ce qui se tramait ?

— Malheureusement non, et je crois que tu n'en sais guère plus que moi.

Il baissa d'un ton et déclara d'un air potache :

— Ça y est, le vieux don Luis déclare forfait… Je suis sûr qu'il va annoncer son départ. Ça fait une éternité qu'on n'a pas été convoqués de la sorte. T'es pas dans la merde avec Pepe, mon vieux !

Je pouffais de rire tout en pressant la cadence. Le cabinet, qui occupait tout l'étage, était vaste. La remarque était néanmoins pertinente. Le jour où don Luis déciderait de cesser ses activités, la politique de la maison à mon égard deviendrait tout autre, si ce n'est franchement hostile.

2.

La porte du bureau, bâtie en lourds panneaux de chêne, était grande ouverte. Une petite douzaine de personnes, soit l'intégralité du cabinet Ortega, patientait à l'intérieur. Silence religieux. Seuls les mouvements compulsifs de certains genoux et de quelques chevilles qui se tordaient sur les tapis trahissaient la tension ambiante.

Maria, notre jeune secrétaire, était la seule qui paraissait sereine. Elle s'était comme lovée à l'angle de la pièce, discrète et vigilante.

Un authentique bureau de « directeur », plus vaste encore que notre salle de réunion où, bizarrement, ne se tenait pas ce conciliabule. L'ensemble du cabinet était décoré dans un style qui rappelait les clubs anglo-saxons. Cette ambiance avait toujours su me séduire.

Don Luis, chose rare, ne fumait que peu, si ce n'est quasiment jamais. Il préférait de loin le Douro et le Xérès, ce qui avait le net avantage de rendre l'atmosphère de la pièce claire et limpide.

Le vieux lion trônait derrière son bureau, imposant. Costume trois-pièces sombre. La chaînette argentée de sa montre gousset lui barrait la panse. J'ignorais comment il pouvait supporter, accoutré de la sorte, la chaleur déjà suffocante de cette fin de matinée. Pourtant nulle trace de sueur sur ses traits. Ces derniers étaient graves. L'homme paraissait comme replié en lui-même. Il esquissa néanmoins un léger sourire à travers sa barbe immaculée lorsqu'il nous vit pénétrer dans la pièce, Alberto et moi.

Maria referma doucement la porte derrière nous.

— Bien. Très bien… marmonna don Luis comme pour lui-même.

Puis, se redressant sur le dossier de son siège il rompit le silence de sa voix de stentor.

— Messieurs. C'est pour de bonnes raisons que je vous ai regroupés ici, dans mon bureau. Comme vous le savez, c'est là un événement plutôt rare… Certains d'entre vous ont probablement déjà lu la presse du jour. Néanmoins, permettez-moi de faire un bref rappel des dernières actualités. Hier soir, aux alentours de 22 h, le lieutenant Castillo, des Gardes d'Assaut, a été abattu en pleine rue de Fuencarral par des activistes de droite. Il se rendait à son service, seul.

Je n'avais pas pris les journaux du matin. Quant au monumental poste à lampe qui écrasait la desserte de mon bureau, cela faisait des lustres que je ne l'avais pas mis en route. Cette nouvelle d'importance, je l'apprenais seulement. La plupart de mes confrères semblaient déjà informés comme l'indiquaient certains acquiescements polis et discrets.

Le lieutenant José del Castillo Sáenz de Tejada était connu pour ses penchants socialistes et progressistes. Surtout, il avait été remarqué par l'opinion lorsqu'il avait donné l'ordre à ses hommes de faire feu sur des manifestants de droite, quelques semaines auparavant.

Et il était mort.

Cela ne présageait rien de bon. Le pays était dans un état de tension inédit. Cela faisait des mois que l'on ne comptait plus les dépouilles de personnalités plus ou moins engagées que l'on avait portées à la tombe. Qu'importe le bord, tout le monde prenait sa part. La loi du talion s'appliquait. Partout, tout le temps, dans chaque province et chaque ville du pays. Les rangs syndicalistes ou phalangistes avaient tendance à se clairsemer. Sitôt tué, sitôt remplacé. Tout ce que l'Espagne comptait d'activistes, et il y en avait beaucoup, fourbissait ses armes en vue de la grande curée qui s'annonçait.

Don Luis avait porté son regard d'airain sur la plume qu'il tenait fixement devant son nez, à l'horizontale. Il ne cillait pas. Concentré, il reprit la parole.

— Vous aurez compris la gravité de la situation. Il se trouve qu'un des jeunes tireurs, car il est jeune, a été capturé immédiatement après le dramatique événement. On dit qu'il se serait laissé prendre… Bref. Il se trouve que ce gamin je le connais bien. Il n'est autre que l'aîné de Carlos Ortiz, le directeur de la banque de Cadix. Carlos Ortiz est un vieil ami.

Le timbre de sa voix, à l'image de son regard aligné sur le stylo d'argent, ne variait pas. Il reprit son allocution après quelques secondes de pause.

— Mon ami Carlos, le père donc, m'a contacté par téléphone il y a quelques minutes. J'imagine que vous pouvez vous représenter son état… Nous allons prendre en charge ce dossier. Et ce sera mon dernier dossier.

Léger remous dans l'assistance. Des regards surpris et interrogatifs se croisaient. Ce que certains avaient pressenti était bien en train d'arriver. Luis Ortega, la terreur des prétoires de Madrid, allait raccrocher. À présent nous comprenions mieux la solennité du bureau et la pompeuse mise en scène.

Alberto, à quelques centimètres sur ma gauche, m'observait en coin, fin sourire de malice aux lèvres. Il ne fallait pas se fier à son physique

21

arrondi. Le vieux pirate avait su flairer le coup, et de loin.

Don Luis avait reposé sa plume. Désormais ses yeux et ses mains s'animaient doucement à mesure qu'il parlait.

— Il est temps pour moi de passer la main à mon fils, José, que vous connaissez bien… Il a mon entière confiance et je sais qu'il saura mener le cabinet d'une main avisée. Quand je partirai, il deviendra votre patron, votre meneur, et je sais que vous collaborerez au mieux avec lui. Tout comme vous avez su le faire avec moi, malgré mon caractère absolument exécrable.

Pepe, immobile telle une statue antique, fixait le plafond avec une attention surprenante. Il n'osait regarder son père. Venant de lui, on aurait pu attendre une autre réaction. Une forme d'exultation même. Mais ce n'était pas le cas, il restait interdit, bien que tous savaient qu'il espérait ce jour depuis longtemps. Il était très certainement en train d'apprendre la décision de son père en même temps que nous tous.

Don Luis continuait.

— Je mettrai donc fin à plus de quarante années de métier. Et dire que j'avais entamé cette carrière dans un autre siècle! Mais avant cela nous allons, nous devons, défendre le jeune Ortiz. Ce sale gosse s'est fourré dans un pétrin incroyable. Ce sont ces excités en chemises bleues de la Phalange, avec leurs âneries d'État syndical, qui l'ont poussé à commettre ce geste funeste. Et comme vous avez tous fait de brillantes études et que vous êtes loin de la sénilité, à l'inverse de ma personne, vous comprendrez qu'il s'agit là d'un dossier important.

Maria, toujours dans son coin, s'exclama vivement.

— Don Luis ! Mais vous n'êtes pas sénile ! Vous partez simplement à la retraite !

Cet élan du cœur, empreint de la sincérité juvénile propre à Maria, donna lieu à un éclat de rire général. Elle se recroquevilla en s'empourprant. L'atmosphère lourde, dont Don Luis avait parfois le secret, s'était comme soudain évanouie.

Les opinions politiques de maître Luis Ortega étaient largement connues et commentées à travers la ville. C'était ce qu'on pouvait appeler un réactionnaire opportuniste. Il n'était guère attaché à la jeune Seconde République qui avait cours depuis la fuite du roi Alphonse XIII en 1931. Selon lui le nouveau régime « semait la discorde parmi les Espagnols ». Bien que versant dans un léger anticléricalisme en vogue, il était avant tout attaché aux valeurs d'ordre et de travail. D'ordre surtout. Il en parlait souvent, de l'ordre. De l'ordre qui favorisait les affaires. De l'ordre qui avait le pouvoir d'écarter les orages qui couvaient à l'horizon. De l'ordre qui faisait cruellement défaut à l'Espagne depuis trop longtemps.

Il y avait comme une vague odeur de conformisme bourgeois qui émanait de son personnage, mais il ne fallait surtout pas s'y fier. Son embonpoint et ses allures n'avaient pas toujours été. Lui aussi avait connu ses élans de jeunesse. Il avait su rester en contact avec d'anciens membres influents des divers régimes qu'avait connus la très vermoulue monarchie Alphonsine. Notamment les membres de quelques cabinets occultes de la dictature du feu général Primo de Rivera. C'est avec une sourde angoisse qu'il observait les remous révolutionnaires qui hantaient et traversaient la société espagnole. Et c'était sans compter sur la situation internationale. À l'est la machine à tout barbouiller en rouge tournait à plein et en Europe centrale un homme à la curieuse moustache s'obstinait à vouloir instaurer un ordre nouveau. Le monde de cette époque était au bord d'un abîme que chacun, consciemment ou non, pressentait et appréhendait.

Don Luis, rendu jovial par la tirade de sa secrétaire, avait repris le fil de son propos.

— Donc, l'affaire Ortiz... Ce sera ma dernière. Je superviserai tout ça du haut de ma tour d'ivoire en même temps que je m'occuperai des formalités de départ. Ainsi, ne m'enterrez pas trop vite... Vous allez encore me voir rôder dans les parages pendant quelque temps. Ce n'est qu'une fois cette histoire bouclée que je viderai les lieux. Je souhaiterais que ce soit un jeune qui prenne en charge le dossier, sous mon contrôle, évidemment. Et le fringant bipède que je souhaite voir mener cette mission de haut vol est Falco Martinez.

Tous se tournèrent vers moi. On attendait une réaction. Malgré le sang qui affluait vers ma face bouffie et le violent coup de poing dans l'estomac que je venais d'encaisser, je devais bien admettre que j'avais senti la chose venir... Il n'y avait aucune explication sensée, mais le choix de Luis Ortega coulait de source, tout simplement.

On m'observait. L'air sifflait dans mes narines, brûlant.

— Mer... Merci pour votre confiance don Luis...

Regard de rapace, il me scrutait et me répondit doucement, très doucement.

— Ne me remercie pas trop vite, jeune Martinez. Ce sera ta première affaire d'importance et tu seras certainement heureux de me trouver juste au-dessus de toi.

Puis, haussant la voix.

— Messieurs, dans la mesure du possible, je vous demanderais de décharger maître Martinez de ses dossiers en cours. Il faut que ce dernier puisse se consacrer entièrement à sa nouvelle tâche. Comme vous êtes de vieux briscards, cela ne devrait pas poser trop de soucis.

Acquiescements en cœur. Terme fut mis à la singulière entrevue collective.

— Très bien messieurs. Tout est dit. Inutile de plaider des heures durant quant à mon départ. Ma décision est ferme et irrévocable. Si cela vous intéresse sachez que je compte consacrer mon futur temps libre à fabriquer des images... peinture, photographie. Vous pouvez retourner à vos offices. Falco, je vous garde ici.

3

Le bureau se vida en un instant.

Pepe me frôla en sortant. Il me lança un regard noir et impérieux. Un regard qui désirait ma perte. Ou tout au moins.

Don Luis m'invita à refermer la porte de la pièce désertée et à m'asseoir face à lui.

— Un whisky ?

— Je vous remercie don Luis, mais j'évite de boire en journée. En réalité je préfère de loin le tabac…

— Ça tombe mal, cette chose est strictement prohibée en ces lieux, me dit-il dans un clin d'œil. En fait je n'ai jamais compris cette manie consistant à inhaler des fumées aux odeurs nauséabondes. Je suis certain qu'elles ont une influence toxique sur l'esprit.

— Pourtant certains médecins affirment que cela détend les nerfs.

— Tirer sur votre tube en bois vous déforme les traits et vous donne une face de cul de primate.

Grand rire. Il renchérit.

— Et puis les médecins, haha ! Il faut s'en méfier de cette engeance ! Regardez ce que je prends, moi… Pour ma psychanalyse, je ne connais qu'une médecine !

Il se versa une généreuse ration de Scotch. Une carafe en cristal ouvragé était systématiquement prête à l'usage sur le côté du bureau, sur le sous-main de cuir. Il buvait sans glace, par petites lampées.

Luis Ortega avait indéniablement un souci avec l'alcool. D'aucuns disaient que son incomparable talent pour les plaidoiries de choc provenait de ce vice. Il lui arrivait de tituber le soir, parfois, en quittant le bureau. Teint violacé et pas lourd. Néanmoins ses énormes capacités de travail et sa répartie ne semblaient jamais avoir été affectées.

Je détaillais rapidement son visage. Je n'avais aperçu don Luis que très brièvement ces dernières semaines. Nos emplois du temps étaient chargés. Malgré l'intensité du regard et l'indéniable aura qu'il dégageait, je sentais bien qu'il avait perdu de sa force. Il vieillissait, son masque ne trahissait pas.

Il renchérit sur le thème de la santé mentale.

— Voyez-vous Falco, je pose le postulat suivant. Nos pères n'avaient nul besoin de ces tordus ou autres charlatans que l'on nomme psychanalystes, ou que sais-je encore... Ils n'en avaient pas besoin, car ils buvaient des quantités massives de vin ! En fait, bien peu buvaient de l'eau. Ils craignaient les miasmes. Mais depuis que nous traversons des temps hygiénistes et qu'il est possible de traverser des océans en aéroplane ; depuis qu'il existe des médias de masse, des idéologies de masse et bien d'autres choses de « masse », ces êtres néfastes doivent dispenser leur petite morale pour aider le bon peuple à vivre debout. Nos anciens, eux, ne connaissaient qu'une unique chose « massive »... l'alcool ! Et ils n'étaient pas plus malheureux que nous, je le crois sincèrement.

Tout cela était prononcé sur un ton profondément ironique.

Il avait définitivement abandonné sa pose sérieuse et faisait de grands moulinets avec ses bras courtauds tout en débitant sa scabreuse théorie sur le degré d'imprégnation alcoolique des temps jadis. Théorie associant whisky et paix intérieure.

Je ne savais que répondre, rien de circonstance ne me venait à l'esprit.

— Vous avez probablement raison don Luis, bien que je ne me sois jamais posé ce genre de questions. Il faudrait étudier les affirmations du corps médical à ce sujet…

Il se pencha vers moi, me coupant d'un geste de la main.

— Expérimentez par vous-même, jeune Falco. Forgez votre propre avis et surtout n'écoutez jamais les médecins et les curés... Ils ne savent que radoter.

Il se laissa retomber lourdement sur son dossier.

— Ce n'est pas pour traiter des vertus comparées de l'alcool et du tabac que je vous ai demandé de rester. Je voulais vous apporter quelques précisions concernant votre nouvelle mission. Comme je l'ai expliqué à vos confrères, c'est vous que je veux sur ce dossier... Vous devez évoluer, prendre de l'expérience, accroître votre potentiel ! De plus j'ai une grande confiance en vous et je sais que vous allez vous décarcasser pour sortir ce garçon de la panade. Ou tout au moins, lui éviter le garrot... Comme je l'ai dit, le directeur de la Banque de Cadix est un grand ami, tout comme votre parrain, le colonel Vinera. Nous étions tous trois lieutenants à Cuba en 1898... Nous avons vécu, disons, des expériences intéressantes... Pour plusieurs raisons vous êtes la continuité de ces histoires.

Il fit une pause, puis reprit.

— Vous savez, j'ai aussi connu votre père. Très peu et très mal… mais je l'ai connu.

Je l'ignorais.

Une boule de plomb en fusion coula derrière ma pomme d'Adam, au cœur de ma gorge. Je parvenais néanmoins à articuler quelques mots.

— Monsieur Ortega, très sincèrement, c'est bien trop d'honneur que vous me faites... J'ignore si je serai à la hauteur de vos espérances et...

— Vous le saurez forcément !

Il souriait.

L'espace d'un instant, j'eus la sensation de me retrouver face à la bienveillance d'un très germanique Saint-Nicolas. La barbe devait jouer pour beaucoup dans cette impression. Il éluda de la main.

— D'après les informations que j'ai pu obtenir, il y a environ une demi-heure, le jeune Juan-Carlos se trouverait en ce moment même à la caserne de Pontejos, à côté de la Puerta del Sol. Je pense qu'il a dû passer une très mauvaise nuit... Ces gorilles ne sont pas réputés pour leur amabilité. Son père était catastrophé en me contactant ce matin, il venait seulement d'être informé. Mettez-vous à sa place... Pour l'heure nous ignorons quand ce sale gosse sera transféré en prison. Vous allez donc vous rendre dès maintenant à la Puerta del Sol et tenter de rentrer en contact avec lui. Voyez comment il se porte. Je ne viens pas avec vous. Cette chaleur m'insupporte et j'ai affaire au cabinet. En fin d'après-midi nous irons ensemble apporter des nouvelles fraîches à don Carlos, le père. Vous avez votre emploi du temps. Je vous attends ici.

Nous nous levâmes dans un même mouvement. Mon cœur tambourinait dans mon poitrail. Cette discussion m'avait mis dans un drôle d'état.

30

Lorsque j'allais ouvrir la porte pour sortir de la pièce je me retournais et demandais :

— Don Luis, votre départ, vous y pensiez depuis longtemps ? N'est-ce pas ?

— Depuis ce matin même. J'improvise.

□

L'instant d'après, je me retrouvais dans mon bureau à préparer un petit arsenal de documents. Alberto se pointa dans un silence comique et me dit de tout son sarcasme :

— Tu sais, ton histoire de melons et d'oranges… Je veux bien te reprendre l'affaire !

Je ris à gorge déployée.

Tout cela me plaisait.

4.

Je m'avançais d'un bon pas sur Gran Vía. Chaleur et lumière. Je rejoignais à pas pressés la Puerta del Sol qui se trouvait à quelques centaines de mètres du cabinet. Tout en cheminant, et malgré l'air brûlant de la ville, je méditais mon passage devant don Luis. Ainsi il avait connu mon père. Je me prenais à revisiter mon enfance comme on ouvre un livre ancien.

Ma mère, une brune au teint d'albâtre, était morte en me mettant au monde. Moi, je survécus. Je fus son premier et seul enfant. Au moins n'avait-elle pas été emportée bêtement par une grippe, comme tant d'autres avant elle.

Mon père, sans parents, avait dû se débrouiller seul avec un nourrisson. Lui, c'était un Galicien de la campagne de Pontevedra. Milieu rural et modeste. C'était pour échapper à sa condition qu'il s'était engagé dans l'armée. Il sortait à peine de l'adolescence. Il fut embarqué pour Cuba comme simple soldat.

C'était en 1895.

Là-bas il s'illustra au cours d'une embuscade et devint caporal. Seul, armé de son fusil et de quelques cartouches, il avait permis à sa compagnie de sortir indemne d'un traquenard tendu par les rebelles. Cette compagnie était alors commandée par un certain lieutenant Manuel Vinera. C'était certainement au cours d'une de ces aventures tropicales que don Luis Ortega avait croisé mon père. Lui aussi avait fait la campagne de Cuba. Malgré l'immense courage et l'abnégation de ses troupes, l'Espagne fut défaite et la grande île des Caraïbes mise en coupe réglée par les États-Unis. Mal préparée, peu soutenue par les Cortès, la flotte de l'expédition fut coulée et les opérations terrestres tournèrent au fiasco. Mais plus que les combats c'était la malaria et la dysenterie qui avaient terrassé les hommes. Avec Cuba et les Philippines, l'Espagne perdait tout ce qui lui restait de l'immense empire de jadis. Un empire sur lequel le soleil ne se couchait jamais. Une catastrophe nationale. La fin du grand récit initié par les caravelles de Colomb. La société espagnole fut prise de soubresauts et nombre d'écrivains versèrent une encre amère et douloureuse sur leurs pages.

C'était en 1898.

C'est quelques années après cette défaite militaire que mon père rencontra et épousa une jeune femme de Valladolid. Ma mère.

Je naquis. Elle mourut. C'était en 1906.

Démobilisé, il était parvenu à trouver un emploi honnête comme imprimeur, emploi qu'il conserva après le décès tragique de sa femme. Face à cet événement, il avait réagi comme toujours. Il avait fait face. Malgré la difficulté d'élever un enfant en bas âge il n'avait pas cherché à me déposer dans une structure de bienfaisance.

Mais lui aussi mourut vite. Une attaque cardiaque.

Je n'avais que huit ans. Orphelinat à Valladolid. De mes parents ne me restaient que quelques photographies posées en studio avant ma naissance et le vague souvenir de l'odeur de tabac qui flottait en permanence autour de mon géniteur.

C'est alors qu'intervint Vinera, mon parrain militaire. Il prit les choses en main, par fidélité envers le caporal Martinez qui lui avait sauvé la mise sous les tropiques. Il me fit placer chez des jésuites austères, mais je ne manquais de rien. Colis et argent de poche arrivaient régulièrement. Je mangeais de l'hostie consacrée chaque matin. Je fis de la version latine et de la littérature française mon refuge. La figure mystérieuse du capitaine Nemo hanta mes rêves d'enfant. Chaque été Vinera me récupérait pour passer les vacances auprès des siens. Au fil des années je découvris la plupart des villes de garnison du pays. En effet, cet homme avait décidé de persister dans la carrière militaire malgré le triste état de l'armée. Il gravit peu à peu les échelons et s'illustra dans le Rif Marocain. Désormais il était en garnison quelque part au Maroc. Cela faisait plusieurs mois que je n'avais pas reçu de nouvelles.

Je me souvenais distinctement d'une discussion que nous avions eue. Le jardin sentait la sève de pin. Saragosse en été. Je devais avoir une douzaine d'années. Droit dans son uniforme, il parlait :

— Il y a trois voies pour un fils de famille. La carrière d'officier, le droit ou alors la prêtrise. Je te déconseille de faire curé… tu briserais bien des cœurs. De plus tu es le dernier des Martinez. Ce serait condamner ton nom à disparaître. Et ce serait dommage. Par contre, si tu te décides pour l'uniforme ou l'université sache que je serai présent et t'appuierai.

Mon goût pour les livres et les travaux de l'esprit l'emporta sur mes rêves d'aventures militaires et en 1927 j'attaquais mon droit à Madrid. Je fus exempté de service militaire. Mes origines modestes ne furent pas un obstacle, malgré certaines railleries qui m'affectèrent à peine. Rapidement, par mon assiduité, je gagnais le respect des autres étudiants. Le soir je rentrais me réfugier dans une mansarde, juste derrière la Plaza Mayor. Vinera me soutenait et j'avais pu obtenir une modeste bourse.

En 1934 mon droit se terminait. Quelques jours après ma sortie de l'université j'entrais chez Ortega. Vinera avait intercédé, encore une fois. Décidément, cet homme m'avait tiré du caniveau. Pour un début de carrière, atterrir dans l'un des plus prestigieux cabinets de Madrid...

J'étais satisfait. Et chanceux.

5

L'évocation mentale de mon passé cessa lorsque je fus arrivé devant l'imposant édifice de police. Ce dernier était bâti sur l'un des côtés de la petite place de Pontejos. Le bâtiment, austère et massif, était en fait l'ancienne poste royale. Une porte monumentale, encadrée de colonnes ioniennes en granit, s'ouvrait à un des angles de la bâtisse.

Il n'y avait pas que des colonnes. Un groupe de Gardes d'Assaut en faction, cigarettes aux museaux et allures nonchalantes, gardait l'entrée. Je n'avais jamais pénétré en ce lieu et j'ignorais les démarches à suivre. Finalement, après échange des quelques mots, on me laissa franchir l'entrée sans faire de difficultés. Les gardes remarquèrent à peine mon passage.

Après un imposant vestibule, je tombais sur une petite cour où une fontaine chantonnait doucement. Tout était calme. Les rayons du soleil ne frappaient pas directement cet espace et la relative fraîcheur qui régnait ici me fit du bien. Un panneau « réception » ornait le montant d'une des portes. Je m'avançais vers cette dernière et arrivais dans une pièce dont le fond était barré par un comptoir de bois sombre. Deux hommes conversaient à voix basse devant ce dernier, dossiers sous le bras. Je m'avançais. Un jeune policier en tenue apparut derrière le comptoir, tête baissée. Il lisait à la lumière d'une petite lampe en laiton, littéralement absorbé.

Je toussotais poliment. Il émergea de ses pages d'un air bougon.

— Oui ?

— Ce n'est rien. Je… je suis avocat.

— Et ?

— Je viens pour mon client, Juan-Carlos Ortiz y Pulido.

— Celui qui a tué le lieutenant Castillo ? Oui, il est ici… Il est très mal tombé… C'est ici que travaillait le lieutenant. Un chic type. Vous savez que vous allez défendre une petite ordure ?

Une mauvaise lueur s'était allumée dans son regard. Les hommes en discussion s'étaient tournés vers moi, les traits durcis.

— Je ne l'ai pas encore rencontré. Aussi je ne m'avancerai pas sur sa personnalité.

— Bien. J'appelle le commissaire Delgado, c'est lui qui s'occupe de… de ce problème.

Le jeune lecteur en uniforme farfouilla dans une pile de feuillets entassés et en tira un qui semblait être une liste de contacts téléphoniques. Il décrocha un combiné caché derrière le comptoir, fit tourner une molette et articula quelques mots. En l'écoutant, je compris qu'il était en ligne avec le fameux commissaire. Il raccrocha vite.

— Il arrive. Attendez ici.

Je remerciais le cerbère poupin d'un ton laconique.

□

Les deux hommes avaient repris leur papotage et pour patienter j'entrepris de faire les cent pas. Le commissaire arriva promptement par la porte qui donnait sur la cour. Il arborait une tenue hautement négligée. Veste ouverte, cravate dénouée et col douteux. Sa face était fermée et terne. Il se mouvait dans ma direction, à petits pas très pressés. Il devait avoir la quarantaine. Il mit en panne son avancée mécanique à environ deux mètres devant moi.

— C'est vous l'avocat ?

Voix monocorde. Ainsi je n'avais pas une allure d'avocat. Ce n'était pas faute d'essayer, pourtant.

— Parfaitement. Maître Falco Martinez.

Ce n'est qu'alors qu'il me tendit une main moite. Lui aussi paraissait souffrir de la chaleur. Son visage restait hermétique, impassible. Un masque ne laissant rien filtrer de l'âme. L'espace d'un instant, je crus prendre peur.

— Et moi le commissaire Delgado. Je mène les investigations concernant votre client. Pouvez-vous me montrer un document attestant de votre qualité d'avocat ?

— Bien sûr.

Nerveusement je retirais de mon porte-document la pièce demandée et la lui tendit. Il parcourut le papier de ses petits yeux très sombres et très ronds. Deux billes de verre noires qui roulaient en suivant les lignes d'encre inscrites. Il me rendit le papier sans sourire.

— Très bien. Suivez-moi.

Juste avant de retraverser la cour je me retournais brièvement. Le jeune flic du comptoir s'était replongé dans ses lectures.

□

Je me retrouvais à talonner Delgado à travers une longue coursive.

Son pas bref et étrangement cadencé me fit songer à un crustacé. Une autre porte. Un escalier s'enfonçant sous le bâtiment apparut. Un air frais portant avec lui une légère odeur de moisi et de poussière montait du fond. Nous descendîmes. Un autre corridor, cette fois beaucoup moins élégant et éclairé électriquement par des lampes jaunies. Des câbles téléphoniques courraient le long des parois en maçonnerie. Nous ne croisions personne. Le commissaire s'arrêta devant une porte métallique munie d'un œilleton et frappa trois coups sonores. Ambiance carcérale. Un œil inquisiteur apparut brièvement à travers l'orifice. Il scrutait rageusement. Bruits de verrous et de loquets, on nous ouvrit.

Un policier dégarni, en bras de chemise et bretelles, fit son apparition devant nous. Il paraissait fort las et ne me salua pas. Il s'écarta pour nous laisser pénétrer dans une pièce étroite aux murs teints de vert et de gris. Un autre homme, plus jeune, était assis devant une table en bois usé où traînaient une machine à écrire et un téléphone. Un cendrier insolent était aussi posé là. Une montagne de mégots s'en élevait. Une boule se fit sentir dans mon œsophage. J'avais envie de fumer. Le jeune, environ mon âge, me dévisageait d'un air curieux. Je me demandais un instant s'il ne s'agissait pas là du fils Ortiz. Mais la réflexion me parut vite idiote. A-t-on déjà vu une personne interrogée installée de ce côté de la table ?

Delgado s'adressa à lui.

— Manuel, emmène maître Martinez voir le gamin. J'ai encore beaucoup à faire.

— Oui commissaire. Maître, si vous voulez bien me suivre…

Je laissais là Delgado. Nous empruntâmes une autre porte au fond de la petite salle. Décidément ces souterrains formaient un authentique labyrinthe.

Ses manières tranchaient avec celles de Delgado. Il était expressif et marchait d'un pas dégagé. Il se tournait régulièrement vers moi le long des couloirs sinistres. Il désirait d'évidence me parler.

— Vous verrez, il va plutôt bien, même s'il est très fatigué. Nous n'avons pas été contraints… comment dire… de le cuisiner. Très poli comme garçon d'ailleurs !

— Je n'en doute pas...

— Nous avons terminé nos interrogatoires. Ne reste plus qu'à mettre en forme la paperasse. Enfin, vous savez ce que c'est… Vous aurez certainement accès au dossier prochainement.

— Quand aura lieu son transfert vers une prison ?

— Cet après-midi, je pense. Ce sera sur la prison Modelo.

— Très bien. Au moins ce n'est pas trop loin.

— En effet. Voilà, c'est là.

Il sortit un petit trousseau de sa poche et ouvrit l'ultime porte qui se présentait à nous. Même pièce que la précédente. Peintures, odeurs. Néanmoins l'éclairage différait. Une lumière agressive était crachée par une lampe à nue qui pendait du plafond. Juan-Carlos se tenait là, assis sur un tabouret, les jambes croisées et l'air mal éveillé. Les prémisses d'une barbe lui piquaient le menton de bleu. Durant un court instant, je crus voir un hibou quelque peu ahuri. Je m'attendais à le découvrir couvert de marques de coups... Ce n'était pas le cas.

Mon accompagnateur me donna quelques consignes.

— Il a déjà été abondamment questionné, vous pouvez donc rester autant de temps que nécessaire. Lorsque vous aurez terminé, tapez fort à la porte. On viendra vous ouvrir. Ça ira ?

— Je crois que oui…

Il referma à double tour. J'entendis ses pas s'éloigner à travers le corridor.

□

Juan-Carlos Ortiz y Pulido s'était levé. Il arborait un sourire triste qui me surprit. Pour ma part je tâchais de faire bonne impression et m'efforçais de prendre un air bienveillant. Je m'avançais à sa rencontre. Franche poignée de main.

— C'est mon père qui vous envoie ?

— Dans un certain sens, oui.

— Je vois…

Je récupérais une mauvaise chaise qui traînait dans un coin de la salle. Il se réinstalla sur la sienne. Je pris la résolution de jouer franc jeu, malgré sa fatigue évidente.

— Bien. Avant toute chose, comment vous sentez-vous ?

La question sembla l'amuser.

— On ne peut mieux. Presque aucun coup !

Je haussais les épaules.

— C'est déjà ça de gagné…

Nous nous dévisagions intensément.

— Vous avez mangé ?

— On m'a donné du pain et un morceau de saucisse sèche.

Une autre question me frappa l'esprit.

— Vous ne portez pas l'uniforme phalangiste ?

— J'ai agi de ma propre initiative. Même si mon geste a une évidente connotation politique, la Phalange ne saurait y être directement mêlée.

— On affirme pourtant que vous étiez plusieurs à tirer sur Castillo.

— C'est faux. J'étais seul.

— D'accord… Vous savez, couvrir des complices ne vous aidera pas beaucoup…

— Il n'y a aucun complice. Je suis seul.

Il articulait distinctement. Il voulait manifestement que je comprenne clairement le sens de ses propos. J'enchaînais.

— Je me nomme Falco Martinez, membre du cabinet Ortega. Sachez que je ne serai pas le seul avocat à vous défendre et à plaider pour vous. Je travaille sous la supervision de don Luis Ortega, un proche de votre père. Il s'implique beaucoup pour vous.

— Oui, je connais don Luis. Il a une solide réputation.

— En effet. Soyez assuré que nous faisons de votre cas une affaire personnelle.

Il abaissa le regard, comme s'il plongeait en apnée dans un espace intérieur et lointain. Concentré, il articula alors deux mots dans un soupir :

— Mon cas…

Puis il releva son visage et me dit doucement dans un nouveau sourire :

— Je vous remercie infiniment pour votre engagement, que je crois sincère. Je sais que vous ferez tout votre possible pour me sortir de cette situation. Mais voyez-vous, j'étais déterminé, en mon âme et conscience, à parvenir à ce résultat.

— Quel résultat ? La mort du lieutenant Castillo ?

— Pas exactement. Disons plutôt la situation que nous vivons en ce moment même. Moi, enfermé ici à subir l'interrogatoire d'agents de police obtus. Et vous, devant moi... Mais qu'importe ! Il n'y aura aucune clémence. Dans tous les cas je me considère d'ores et déjà comme un homme mort. Ça me convient.

Je ne savais que répondre. Où était mon devoir ? Insuffler l'espoir, quitte à voiler certains aspects hautement désagréables ? Ou bien tout révéler crûment, sans fards ? Je fis le choix de l'honnêteté. Je le lui devais. La réponse sortit après une rapide réflexion.

— Il vaut mieux voir votre exécution comme une éventualité plutôt que comme une fatalité. Aucune condamnation n'est encore prononcée. Vous savez, un procès, ça peut tourner... n'importe comment ! Nul ne peut présumer de ce qui adviendra.

Il posa lestement ses coudes sur la table et s'inclina vers moi.

— En fait il n'y a qu'une seule chose que je n'ai pas dite aux flics... Mais vous, je ne sais pas pourquoi, je sens que je peux vous faire confiance.

Il parlait bas. Les reliefs de son visage jouaient en ombres et lumières avec la lampe du plafond. Je pouvais me rendre compte de son extrême jeunesse, à peine une vingtaine d'années. Je me penchais à mon tour vers lui.

— Je suis dès à présent votre avocat, votre porte-voix. Mon travail consiste à vous représenter et à plaider en votre faveur partout où cela sera nécessaire. Et aussi à utiliser le droit à votre avantage. Ce dernier n'est qu'un outil, une mécanique censée préserver tout citoyen de décisions arbitraires. À partir de maintenant je ne deviens ni plus ni moins que vous-même. J'irai là où vous ne pourrez aller et j'y serai votre bouche. Ainsi vous pouvez avoir une confiance absolue en moi.

— En vous écoutant, on dirait bien qu'il existe une mystique de l'avocat.

Je ne cillais pas.

— Vous en doutiez ?

Il était figé tout contre la table. Il prit une profonde inspiration et me tint ces curieux propos :

— J'ai affirmé que mes motivations étaient d'ordres politiques. C'est en partie vrai. Je suis un membre engagé de la Phalange. Mais au fond, ce n'était là qu'un prétexte. Je voulais me suicider. Et je le veux toujours. Mais quand on veut poser ce genre d'acte, autant le faire utilement. Rien de pire qu'un sacrifice inutile... Je n'ai pas abattu Castillo par plaisir. Je l'ai fait, car il était un ennemi de l'Espagne éternelle et surtout parce que je voulais mourir. Je vois bien à votre visage que vous êtes dubitatif. En effet, pourquoi un gosse de nantis, à qui la vie sourit de manière insolente, irait-il se perdre de la sorte ?

Il baissa encore d'un ton.

— J'ai commis l'irréparable... Disons plutôt qu'on m'a fait commettre l'irréparable... Il y a un mot de passe que vous devez impérativement retenir, si jamais il vous arrivait quelque chose. Ou si vous deviez croiser certains de mes amis... *Covadonga.*

— *Cova...* quoi ?

— *Covadonga.* C'est un lieu de pèlerinage au nord de l'Espagne. À vous de faire des recherches sur sa signification.

— Oui, à présent je situe l'endroit que vous évoquez. Le lieu d'où serait partie la Reconquista contre les Maures.

Tout cela me paraissait rocambolesque. Je devais en savoir plus.

— Qui donc, Juan-Carlos ? Qui vous a demandé de tuer le lieutenant Castillo ?

Un rire triste et court jaillit de sa gorge. Sa voix était sourde et entrecoupée de souffles.

— C'est évident, c'est elle... elle, don Falco. Paula... ma cousine... Méfiez-vous-en ! Elle n'a que l'apparence d'une humaine... Au fond, elle n'est pas de notre monde...

Je l'invitais à poursuivre, intrigué par ces mystérieux propos. Pour toute réponse il se laissa crouler sur son dossier, épuisé.

6.

Une heure plus tard, je retrouvais les artères surchauffées de Madrid. Quand je quittais la caserne de police, le soleil était au zénith. J'étais las, vanné. De plus on sentait que le temps allait virer à l'orage. Un souffle mauvais s'engouffrait au travers des rues étroites du centre-ville. Plus que tout j'étais affamé.

Juan-Carlos Ortiz, après les déclarations sibyllines concernant sa cousine, s'était remis à articuler quelques mots malgré son état de fatigue avancé.

Il me donna quelques précisions.

Le revolver de son père, pris dans son bureau. La manière dont il avait suivi Castillo, non loin de la caserne. Les deux tirs dans le dos, puis celui dans le crâne. Pour être sûr. Enfin son arrestation en pleine rue, sans résistance. Le tout dans la douceur d'une nuit de juillet.

Lui aussi m'avait posé quelques questions. Mon parcours fut abordé. Je fus obligé de lui préciser qu'il était ma première affaire « sérieuse ». Il éclata alors en un rire larmoyant et me déclara :

— Ça se voit !

La réflexion m'avait piquée.

Puis il fallut pendre congé en tâchant de le rassurer. Je lui affirmais que je passerais le voir en prison autant de fois que nécessaire.

Delgado, toujours juché sur ses jambes courtes et nerveuses, m'avait raccompagné jusqu'à la cour intérieure. Je remarquais, en passant devant l'ouverture, que le policier au livre avait disparu.

Une faim lancinante me lardait l'estomac. Je décidais de ne pas rentrer immédiatement au cabinet et de faire un crochet par ma cantine. La posada était située dans le quartier de Chueca, juste derrière la tour Telefónica bâtie quelques années auparavant.

C'était encore le début d'après-midi et il y avait de nombreuses places libres dans la cave fraîche. Le patron me salua de sa tête massive lorsque j'entrais. J'avais ici mes habitudes. Je commandais une anisette et un plat du jour. Viande de mouton et haricots. Je pris place sous la voûte de briques. Je sirotais tranquillement l'anisette glacée, renversé sur mon siège, et tentais d'entretenir le fil ténu d'une réflexion élaborée lorsqu'une main frappa mon épaule. Je me levais brusquement pour tomber nez à nez avec un visage familier.

Il s'exclama dans un français tonitruant :

— *Eh ben mon vieux! Si seulement tu pouvais voir ta tête !*

C'était Jacques Mayeul, correspondant en Espagne pour « Paris Matin ». Mon ami, aussi. Enfin, je ne savais pas trop. Je lui répondis laconiquement, dans sa langue.

— *Bonjour Jacques.*

Il passa vite à l'espagnol.

— Qu'est-ce que tu fous là à cette heure ? Ce n'est pas encore le moment de manger dans ce pays de fous. Pour ma part je tente désespérément de conserver des horaires civilisés… mais toi…

Je l'invitais à prendre place.

Jacques était un Parisien pur jus, un authentique français. Et cela signifiait un orgueil démesuré. Une politesse et une froideur peu à propos dans certaines circonstances. Une familiarité et une grossièreté encore moins à propos dans d'autres. Une exubérance inouïe sous l'emprise de l'alcool. Une curiosité envahissante mâtinée d'une tendance atavique au chapardage. Une radinerie mesquine. Une vision hautement caricaturale et synthétique de la vie politique et surtout une fâcheuse habitude consistant à harceler tout ce qui portait un jupon. Habitude frisant de peu l'obsession sexuelle.

Sinon il lui arrivait d'être sympathique.

— Alors Falco, ça raconte quoi ?

Nous avions noué contact un peu par hasard, environ un an en arrière. Je défendais alors un riche promoteur en conflit avec la nouvelle municipalité issue des urnes en 1931. L'élection avait abouti à la chute de la monarchie, au départ du roi Alphonse XIII et à l'avènement de la Seconde République. Mon client avait fait l'acquisition de plusieurs terrains aux alentours de la Plaza de Toros et comptait y bâtir quelques immeubles de rapport. Mais les autorités avaient fait fi du projet et comptaient désormais y édifier un square. Jacques Mayeul s'était alors passionné pour le sujet, qu'il trouvait révélateur des rapports sociaux au sein de cette nouvelle Espagne, et avait contacté mon cabinet. Il se trouvait que lui aussi travaillait sur Gran Vía. Depuis nous avions comme coutume de déjeuner ensemble, de temps à autre. Cela me permettait de percevoir l'actualité sous un angle inédit et aussi d'affûter mon français.

Je lui décrivis succinctement ma situation alors que la viande arrivait sur la table. À la fin de mon propos, il émit un sifflement sans équivoque…

— On dirait bien que tu as décroché le gros lot !

— Je n'en sais rien, à vrai dire. Le garçon à l'air futé... mais il dit des choses... vraiment étranges.

— Étranges comment ?

Le temps d'un instant, je ressentis le désir d'évoquer auprès de Jacques la figure de la mystérieuse Paula, la cousine de mon client. Cela me travaillait depuis ma sortie des locaux de police. Mais après un court instant d'hésitation, je décidais de garder le silence sur le sujet.

— Simplement des propos incohérents...

— Oui. Je comprends... Que va-t-il se passer maintenant ?

— Il va être transféré en cabane et les magistrats détermineront s'il convient de poursuivre les investigations. Mais cela m'étonnerait. Les éléments concordent et semblent tous vérifiables. Ne restera qu'à obtenir une date d'audience.

— Il a ses chances ?

Je haussais les épaules tout en mastiquant goulûment un morceau de mouton. Je me concentrais pour ne pas postillonner.

— Honnêtement ? Difficile à dire... Il a abattu de sang-froid un officier de police à la sortie de son service... et avec préméditation. D'un autre côté, il est jeune. Il est visiblement romantique et passionné. Il faut aussi prendre en considération le contexte politique. Bref. Difficile de faire un pronostic. Ce sera de toute façon une grosse peine.

— Qui est chargé de l'enquête ?

— Un type vraiment étrange qui maîtrise à merveille l'art de me filer la chair de poule... Un certain commissaire Delgado.

Jacques sembla sursauter à l'évocation de ce patronyme.

— Delgado ! Ça alors ! Ça montre que cette affaire est prise très au sérieux ! C'est un des policiers les plus influents de la capitale en ce moment. Et un franc-maçon notoire aussi. Comme le père de ton client d'ailleurs. Qui sait, peut-être que ça jouera indirectement en sa faveur ?

— Tu vois, Jacques, toi, le journaliste français, comment fais-tu pour connaître tous ces fichus trucs ? Cela fait des années que je vis à Madrid et je ne maîtrise rien des arcanes de cette ville !

Il prit un air ingénu, avec une bouche pincée. Allure typiquement française.

— Ça, c'est mon côté fouine, mon cher Falco.

Je le regardais, vaguement amusé. Le plat était terminé et je commandais un café. Il poursuivit la discussion.

— Et sinon, à part ça, que deviens-tu ces derniers temps ? J'ignore quand nous nous sommes croisés la dernière fois. Cela fait bien deux bonnes semaines.

Lui aussi avait commandé de la viande. Il maniait hargneusement son couteau.

— Rien de spécial. Égal à moi-même. Je ne suis pas loin du surmenage, comme la plupart des avocats. Et toi ?

— Je suis aussi submergé de travail, mais ça me va. Ce pays est au bord du gouffre. Chaque parti, chaque syndicat possède sa milice. Au coup de sifflet, toute cette joyeuse assemblée s'étripera gaillardement... et ce ne sont pas les aventures urbaines du genre de celles de ton client qui calmeront les esprits. La grande inconnue, c'est l'armée. On ne sait pas ce qui se trame là-dedans, mais il y a clairement des préparatifs. Le corps des officiers veut globalement l'ordre et l'unité nationale et jusqu'à présent la République n'a été qu'un foutoir sans nom... Mais

51

après la tentative de coup avorté de Sanjurjo en 32 les autorités ont pris leurs précautions. Les officiers les plus réactionnaires ont été expédiés dans des garnisons lointaines et l'école d'officiers de Saragosse a été fermée. Tiens, prends le général Franco, le héros du Maroc qui a maté dans un bain de sang la révolte des mineurs asturiens il y a deux ans : ils l'ont expédié aux Canaries ! Autant dire qu'on ne l'a pas mis à côté… Et ce n'est qu'un exemple. Le souci est que le meilleur de l'armée est cantonné au Maroc. On ne sait pas comment pourrait réagir la troupe en métropole.

Je l'écoutais attentivement.

— Donc, selon toi, l'armée va nécessairement bouger ?

— Aucun doute là-dessus ! Je prends les paris quand tu veux. Ça, c'est le sport national depuis plus d'un siècle, les coups militaires ! Ne reste qu'à savoir quand… Et le résultat !

— Tu as sûrement raison. Comment a-t-on pu en arriver là ?

Je soupirais.

Il brandissait sa fourchette sous mon nez tout en mâchouillant. Au vu de la nature de sa mastication, il avait dû tomber sur un nerf.

— Voyons Falco, ne joue pas trop à l'imbécile ! Tu l'es déjà suffisamment… L'Espagne est une belle endormie perdue dans les songes de son glorieux passé. Au fond rien n'a vraiment bougé depuis le XVIIe siècle ! Aucune des grandes réformes nécessaires n'a été menée à bien. Surtout les réformes agraires. Le pays est tenu par les rentiers et les grands propriétaires. Et l'emprise historique de l'Église, avec ses Torquemada et ses bûchers, n'a rien arrangé. Aujourd'hui, en 1936, plus de la moitié de la population est analphabète ! Il n'y a aucune infrastructure sérieuse et l'industrie est à peine embryonnaire dans les Asturies et à Barcelone. Le tissu économique est moribond et je ne te parle même pas de la démographie... La corruption est à tous les étages et gangrène profondément la société : dans le monde politique, les administrations, les syndicats... Partout ! Et sans oublier les Basques et les Catalans avec leurs histoires. L'emprise castillane est de moins en moins admise à Barcelone. Historiquement on y regarde vers Paris plutôt que Madrid. Mais au fond du fond, votre problème fondamental, qu'importe le milieu social, c'est votre fichu esprit d'hidalgo. Votre mépris infini pour tout ce qui touche au travail et au commerce. Votre goût impondérable pour les titres, les surnoms et les honneurs... Vous préférez être pauvre et fier plutôt que de vous salir les mains ! Pour grossir le trait, vous êtes un peuple d'aristocrates. Chaque Espagnol est un aristocrate en puissance ! Pour les balades du soir, les discussions taurines et les querelles d'honneur qui se terminent au couteau ou au revolver, vous êtes indéniablement des experts. Mais quand il s'agit de sortir de ses fantasmes et de sa sieste sur le perron pour se mettre au boulot, c'est une autre paire de manches ! Cervantès avait vu juste. Vous êtes tous des foutus Don Quijote un peu cinglés... Ça a du panache, de la gueule, c'est sûr, mais ce n'est pas très efficace.

Le côté radical de Jacques m'avait toujours plu. Radical au sens où il cherchait instinctivement à déceler l'authentique nature des choses. Leurs racines secrètes.

Luis Ortega attendrait un peu. Je désirais poursuivre la conversation.

— Et Jacques, selon toi, il y aurait des solutions ?

— Des solutions ? Qu'importe ! Nous n'avons aucune prise sur les événements. Ce pays est schizophrène, tiraillé entre ces tropismes et un fort désir de changement et de progrès. Beaucoup ont compris que l'Espagne ne pouvait pas rester sur la touche en Europe. Honnêtement, les plus intrigants sont les phalangistes. Leur discours sait allier nostalgie positive et progrès social. Mais eux aussi sont divisés de l'intérieur, et je crois que Primo de Rivera n'est qu'une belle façade. Surtout ils sont profondément incompris, les forces de gauche les considèrent comme de dangereux réactionnaires et la droite comme des révolutionnaires presque pires que les bolcheviques. Ils ne pourront jamais s'imposer comme en Italie ou en Allemagne. Il y a trop de clivages, trop de divisions, trop de haine dans la société. Aucun compromis n'est envisageable. Seule une cure de violence pourra égaliser tout ça. Il n'y a donc, concrètement, aucune solution.

Je percevais bien sa force de conviction lorsque j'observais les mouvements saccadés qu'il imprimait à son couteau. Cette viande était décidément un peu cuite.

C'est alors que plusieurs de mes confrères du cabinet firent leur apparition dans la salle. Eux aussi avaient leurs habitudes ici. Certains me saluèrent du regard ou de la main. Les fronts étaient suants. Voyant que j'étais accompagné de Mayeul aucun ne s'avança vers nous. Jacques avait une réputation d'agité et de fouineur. Nul n'appréciait sa compagnie, si ce n'est moi. Et encore. Alberto était avec eux, et j'eus droit au traditionnel clin d'œil qui signifiait « je me fous de ta gueule ». Ils prirent place à une table éloignée. Pour ma part le café était terminé. Je décidais de prendre congé.

— Ça ne te dérange pas si je te laisse terminer seul ? Je dois y aller.

J'ai encore beaucoup à faire aujourd'hui.

— Fais donc, mais fais donc mon brave Falco ! Avec les vies que nous menons, c'est parfaitement normal... Le service avant tout ! On se recroise bientôt. N'hésite pas à m'appeler au bureau. Je n'ai pas encore le fil à la maison.

Avant de ressortir dans la rue, je fis un détour par la table des collègues. Je leur expliquai rapidement les événements de la caserne de police. Chacun alla de son commentaire sur Delgado, un « policier intègre » pour les uns, un « intrigant politique » pour les autres.

□

En sortant, je pris immédiatement la direction du cabinet. Après l'ascension de l'escalier de belles pierres, je retrouvais les lieux désertés par la meute d'avocats affamés qui constituait la fine équipe de mes collègues.

En fait, les locaux n'étaient pas entièrement déserts. La petite Maria mangeait distraitement un bocadillo en observant le ciel azur à travers ses fenêtres grandes ouvertes. Elle préférait déjeuner seule.

Maria venait au travail à bicyclette, chaque jour, inlassablement. Souvent, je la croisais le matin dans l'avenue. Moi je venais à pied. Chaque fois c'était un spectacle tout en jambes et cheveux au vent. Les jolis mollets charnus et surtout le bas des cuisses, juste sous la jupe... un ravissement. Elle, je voyais bien que je lui plaisais. Les yeux et les sourires ne trompaient guères. Même un jeune homme un peu maladroit.

Je franchis le pas de sa porte et notais que le clavier de sa machine à écrire était maculé de miettes. Elle sursauta lorsque j'entrais et rougit dans l'instant. Elle était visiblement gênée que je puisse la voir manger. Elle se justifia en bafouillant.

— Normalement à cette heure je suis seule ici. J'en profite pour manger un morceau et parfois faire un brin de sieste…

Une sieste. C'était là une brillante idée que je décidais de mettre en pratique. Je sentais comme une chape de plomb sur mes épaules et une barre d'acier brûlant m'appuyait doucement sur le front… La fatigue était trop grande pour rester conter fleurette à Maria. Je pris poliment la direction de mon bureau et ouvris les fenêtres. L'avenue était presque silencieuse à cette heure. Je me mis à l'aise et allumais une nouvelle pipe de tabac hollandais tout en me renversant sur le fauteuil. La chaleur, collante, étouffait toute tentative de réflexion construite et c'est dans un état quasi végétatif que je digérais mes côtelettes. Je recrachais doucement l'épaisse fumée filtrée par mes poumons vers le plafond.

Et je partis doucement.

Des brides d'images sans objets me frappèrent l'esprit, telles des vagues d'eau trouble s'écrasant en rythme sur une grève infinie.

Vinrent les cuisses au teint de bronze de Maria. Son visage encore juvénile, presque angélique. Puis ce fut l'apparition de Juan-Carlos Ortiz, et son infinie tristesse dans le regard. Et puis celui du couteau de Jacques Mayeul, virevoltant devant mes globes oculaires, piquant et tranchant goulûment un morceau de mouton. Les yeux noirs de mère, ceux que je pouvais entrevoir sur les trop rares photographies en ma possession. Une carafe en cristal emplie de whisky se mit ensuite à danser sous mon nez.

J'étais gris.

Enfin, une image plus juste, plus exacte que les autres, fit son apparition.

Je déambulais sur une plage de sable noir, vêtu d'une simple chemise. J'avançais stoïquement malgré le vent qui soufflait en rafales impétueuses. La voûte du ciel était emplie de nuages lourds et menaçants qui défilaient à une vitesse irréelle. Par intermittence une lumière diaphane, presque fantastique, filtrait au travers de ce ciel métallique. L'océan, car je savais par instinct qu'il s'agissait de l'océan et non de la mer, était parcouru de remous gigantesques. Les sons étaient terribles. Les eaux, couvertes d'écume, avaient les couleurs de l'acier et du cuivre oxydé.

Je remarquais au-devant, sur la plage, une fine silhouette qui s'avançait dans ma direction. Par intermittence les embruns la masquaient. Mais je pouvais deviner qu'il s'agissait d'une femme.

Elle s'approchait.

Elle portait une ample tenue blanche qui dansait et battait autour de son corps. Le vent s'engouffrait dans les plis du tissu. Le visage était voilé. Des cheveux noirs et épais émergeaient.

Nous étions à présent très proches.

D'une manière étrange la femme s'accroupit et d'une main immaculée traça des lignes dans le sable humide, presque à mes pieds. Sa peau était marbrée de petites veines bleutées. Le poignet, très menu, dégageait une impression de délicatesse, presque de fragilité. Cela me parut totalement incongru au milieu du déchaînement qui régnait autour de nous. La blancheur éclatante des chairs tranchait crûment avec le fond que formait l'étendue de sable fin et gris. Je ne pouvais distinguer ce que traçait dans la matière mouvante cette main aux gestes précis.

Je me penchais à mon tour. Je voulais voir, comprendre ce jeu mystérieux. Des lettres apparurent, puis un mot. Un prénom.

Je voulus me relever. Interroger. Mais aucun son ne put franchir ma gorge. Je hurlais. Pas de bruit. L'horreur.

Elle avait disparu.

Un souffle surpuissant me souleva et une lumière terrible, aveuglante, envahit mon champ de vision. Je mourus. Démembré.

8

Je me réveillais en nage malgré le puissant courant d'air qui s'écoulait au travers des fenêtres ouvertes. J'étais à nouveau dans mon bureau. L'orage m'avait fait jaillir de mon rêve. Je le compris en jetant un regard vers l'extérieur. Le ciel était noir, impérieux, et des colonnes d'eau phénoménales s'abattaient sur Madrid. Un gros orage d'été. Normalement ils éclataient plutôt en août ou septembre.

Combien de temps avais-je pu siester ainsi ? Au moins plusieurs heures, c'était certain.

J'étais nauséeux. Mon cerveau était comme envahi par une épaisse boue marron. Surtout, j'avais soif. Ma langue était pâteuse et je sentais bien que mon haleine s'apparentait à celle d'un bouquetin malade. Je pris le chemin des sanitaires où je pus m'asperger le visage et boire goulûment. J'émergeais progressivement.

Le tonnerre continuait de gronder à l'extérieur. Les édifices le long de Gran Vía amplifiaient les mugissements du vent d'ouest.

Je trouvais Alberto dans son bureau, penché sur ses dossiers. Sa lampe à large abat-jour était allumée. Sans cette lumière la pièce aurait été plongée dans un noir presque complet.

— Ça cogne dur dehors, lui dis-je.

Ses petites montures dorées se levèrent vers moi. Ses yeux étaient masqués par le reflet de l'éclairage électrique.

— Oui, en effet. Mais ça ne m'empêche pas de travailler, moi. Je suis passé te voir tout à l'heure dans ton bureau. J'ai tapé et comme tu ne répondais pas je suis entré… Et bien mon salaud ! C'est la première fois en deux ans que je te prends à roupiller ainsi au cabinet. Tu étais ivre ou quoi ? En plus tu remuais et marmonnais… C'en était à mourir de rire !

Je soupirais.

— Ne m'en parle pas, je n'ai pas pu lutter. Je me suis effondré comme une masse. Ce doit être ce temps et cette fournaise… En plus j'ai fait des rêves complètement tordus. Au fait, tu peux m'indiquer l'heure ? J'ai laissé ma montre dans mon bureau.

Il jeta un bref coup d'œil à son poignet.

— Il est 17 heures passées de sept minutes. Tu n'as pas fait les choses à moitié !

— En effet… Tu sais si don Luis est dans les parages ? Je ne l'ai pas encore vu depuis mon retour.

— Alors ? Tu penses que ça va aller ? Pour don Luis va taper à sa porte. Je crois l'avoir aperçu.

— Je te raconterai, là je n'ai pas trop le temps…

— Tu m'étonnes ! Si j'avais fait ça quand je suis arrivé ici… Une sieste au bureau, je t'en foutrai !

Il avait repris ses airs goguenards.

□

Les couloirs du cabinet étaient plongés dans une pénombre lugubre. Par intermittence la fulgurance d'un éclair laissait entrevoir les boiseries et quelques cadres exposés. Des peintures, des gravures et des photographies. On pouvait distinguer, sur certaines, don Luis poser fièrement aux côtés de notables et autres célébrités. Arrivé devant sa porte je compris que la pièce était occupée. Un rai de lumière filtrait de sous la porte de chêne. Je tapais.

La voix profonde d'Ortega ne se fit pas attendre.

— Entrez !

J'ouvrais et pénétrais dans la pièce. Je ne m'y faisais pas. Décidément cet endroit resterait toujours pour moi une sorte de Saint des Saints. Une chaude lumière électrique, doucement tamisée, était diffusée par plusieurs lampes.

Don Luis Ortega n'était pas installé à son bureau, mais étudiait des dossiers assis sur une banquette qui courait le long d'une des parois de la pièce. Il m'invita à prendre place dans un des fauteuils lui faisant face.

Il me gronda sans conviction à travers sa barbe. Don Luis ressemblait certes au Père Noël, mais impossible de l'imaginer en Père Fouettard.

— Vous étiez passé où ? Je vous ai attendu tout l'après-midi !

Je tâchais de ne pas lui révéler la nature de mes véritables occupations. À savoir rester avachi à végéter telle une crevette trop cuite. Je rebondissais néanmoins facilement et parvins à lui dépeindre un rapide tableau des événements de cette fin de matinée. Je ne m'étendis guère sur mes impressions concernant le commissaire Delgado et mis l'accent sur l'état psychologique du jeune Juan-Carlos. Ortega me confirma l'ordre de transfert à la prison Modelo, à la Moncloa.

— Il doit déjà s'y trouver, m'affirma-t-il.

Il se contenta de mes descriptions et ne me posa aucune question. Il se leva lourdement de la banquette et alla ouvrir la porte du bureau. Il héla Maria à travers le couloir obscur. Quand celle-ci répondit, il fit demander le chauffeur qui attendait à sa villa. Il se mit à rire en se tournant vers moi. Il m'expliqua qu'il se voyait mal attendre un taxi sur le bas-côté par ce temps infâme. On pouvait entendre de la pièce que la tourmente qui régnait à l'extérieur avait redoublé de violence.

Me remémorant les propos de don Luis, je compris que nous allions nous rendre chez le père de mon client, le richissime directeur de la banque de Cadix. Carlos Ortiz. Une curiosité mêlée de crainte se glissa dans mon esprit. Bien qu'habitué désormais à fréquenter la notabilité madrilène, je devais bien admettre que je n'avais jamais tapé si haut. Néanmoins à la pensée que Luis Ortega m'accompagnerait mon angoisse s'estompa quelque peu.

Avec la permission du maître des lieux, je pris la direction de mon bureau pour me préparer et mettre quelques affaires en ordre. En passant devant la porte ouverte d'Alberto ce dernier imita grossièrement la sonorité d'une trompette. Il sifflotait la sonnerie aux morts, hilare.

— Ahah! Si tu es encore en vie après le passage chez le padre, c'est que tu es un bon… Je veux un compte-rendu détaillé !

— Comment sais-tu que nous allons chez Carlos Ortiz ?

— Plus de vingt ans de boutique, jeune bellâtre ! Pas besoin d'être avocat pour savoir où tu te rends…

En arrivant dans ma pièce de travail, je me rendis compte avec effroi que je n'avais aucun pardessus. J'allais arriver trempé au rendez-vous fatidique. Au moins avais-je un chapeau. Je descendis dans le hall de l'immeuble armé de mon porte-document. Don Luis arriva moins d'une minute après. Il portait un ample pardessus moutarde qui lui donnait des airs de cube.

— Tu es prêt ? Parfait. La voiture est arrivée.

En surgissant sur Gran Vía je m'efforçais de coller les édifices au plus près afin d'atteindre l'automobile. L'effort s'avéra désespérément vain. Je pouvais sentir l'eau tiède battre mes épaules et ma coiffe. Ma fine veste était transpercée. Mes chaussures aussi payaient leur tribut. Don Luis s'en sortait mieux, son chauffeur l'avait rejoint équipé d'un monumental parapluie. Ce dernier devait être maintenu à pleines mains tant le vent soufflait en bourrasques cinglantes. La berline fut mon salut. Le trajet fut court et silencieux. De toute façon l'eau battait si fortement les taules de la carrosserie que toute conversation était impossible. J'admirais la performance du chauffeur qui parvenait à activer la poignée manuelle de l'essuie-glace. Il devait en même temps mener l'engin à travers les axes détrempés de Madrid. Ce dernier devait connaître l'adresse, car à aucun moment don Luis, qui était lourdement installé à mes côtés, ne lui précisa la route à suivre. Après avoir passé la fontaine de Cybèle, le véhicule s'engagea sur les promenades luisantes en direction d'Atocha. Mais le véhicule vira à gauche bien avant la gare pour rejoindre une des rues surplombant le Prado. La demeure madrilène de Carlos Ortiz y Pulido se trouvait dans un des luxueux édifices donnant sur le parc du Retiro. Nous attendîmes brièvement une accalmie, qui ne vint jamais, avant de nous décider à bondir hors de notre cocon mobile. La manœuvre du parapluie fut réitérée et don Luis, une fois le vestibule atteint, poussa un profond soupir de soulagement.

— Quelle aventure nous vivons ce soir, jeune Martinez !

Un majordome en livrée vint nous saluer. Il nous invita à le suivre dans un petit ascenseur autour duquel s'enroulait un monumental escalier à colimaçon. Nous descendîmes au premier niveau seulement. Le domestique en queue-de-pie nous ouvrit la grille de fer forgé. Cette dernière grinçait. Tout était plongé dans une pénombre profonde. Néanmoins, du fond du palier, une porte entrouverte laissait filer un rayon de lumière dorée.

— Messieurs, si vous voulez bien me suivre.

La porte marquait l'entrée de la demeure de Carlos Ortiz.

9

On nous débarrassa de nos effets détrempés. Le majordome me jeta un regard sans équivoque. Pour lui j'étais d'évidence un indigent qui sortait du caniveau. Ses airs hautains et ses narines retroussées ne me trompaient pas. Puis il nous fit passer dans une vaste galerie qui semblait faire office de salon. Je notais la présence de plusieurs bronzes de prix ainsi que celle d'un superbe plafond à caissons. Une lumière douce était diffusée par plusieurs lampes.

Carlos Ortiz y Pulido était en peignoir, affalé dans un vaste fauteuil, jambes croisées. Il ne semblait pas être au meilleur de sa forme. Ses yeux étaient gonflés et rougis. De toute évidence des larmes avaient été versées. Il se leva avec difficultés pour nous saluer. Les deux amis se donnèrent une brève accolade. L'épaisse crinière argentée d'Ortega tranchait avec le crâne luisant d'Ortiz. Ce dernier me tendit une main molle, vidée.

— Prenez place, messieurs, prenez place... nous dit-il d'une voix blanche tout en se repositionnant consciencieusement sur le capitonnage de son trône.

Une austère soubrette fit une apparition discrète. Elle déposa un plateau chargé de rafraîchissements et autres amuse-gueules.

Don Luis commença.

— Inutile de nous étendre, je comprends ta peine. Je tenais à te présenter maître Falco Martinez, un de mes jeunes collaborateurs. Je l'ai chargé de me seconder pour ton fils. J'ai pensé que la proximité d'âge aiderait. Il est le garçon du caporal Martinez que nous avions connu à La Havane. Tu te souviens ?

L'homme fronça les sourcils.

— Martinez… Avec Vinera ?

Ainsi il connaissait Vinera. Mon père adoptif en somme.

— C'est ça !

Notre interlocuteur me scruta de ses yeux de chien battu, lointains. On venait de me présenter, il fallait que je prenne la parole.

— Monsieur Ortiz, j'ai pu voir votre fils tout à l'heure à la caserne de Pontejos. Je vous garantis qu'il va bien. Devant vous je m'engage à faire tout ce qui sera nécessaire pour…

Il me coupa du regard.

— Cessez votre sermon jeune homme. J'ai confiance en vous, ne vous inquiétez pas pour ça. Le geste de ce fils ingrat m'échappe totalement… Sait-il dans quelle situation il me met, moi qui l'ai élevé ? Je vais certainement devoir quitter mes fonctions à cause de cette affaire. Le nom des Ortiz va être désormais associé à cette ignominie. Ma réputation est ruinée...

Le ton était glacial, cassant. Cette réaction me décontenançait profondément. Il poursuivait sa diatribe sur le même timbre figé. Je ne pouvais définir si cet effet était généré par l'émotion de savoir son fils enfermé, ou par la colère.

— S'attaquer à des hommes publics, comme ça, en pleine rue, et en leur faisant sauter le crâne… On aura tout vu dans ce pays ! Oh ! Surtout, n'allez pas croire que je l'appréciais, ce lieutenant Castillo. C'était un pourri et un idéologue, comme les autres. Mais là ça dépasse

66

tout… Mon propre fils… Je ne veux pas que vous défendiez ce monstre, non ! En commettant cette infamie, il m'a renié, ainsi que sa défunte mère. Je le déshérite. Mon profond regret est qu'il continuera à porter le nom des Ortiz… Ce n'est pas lui que vous devez défendre, c'est ma famille, le nom des Ortiz, c'est ça… Ortiz…

Don Luis restait concentré, impassible. Il écoutait, son verre coincé entre les mains. Puis il reprit la parole, cherchant à tempérer son ami.

— Je te comprends Carlos. Nous te comprenons. À ta place j'aurais certainement eu une réaction similaire. Mais pense à la manière dont aurait réagi Ofelia… Si elle était encore parmi nous…

— Laisse Ofelia où elle est. Dans le caveau. Elle doit d'ailleurs s'y retourner. Elle m'a laissé les deux garçons…

— Justement ! Tu souhaites renier Juan-Carlos. Soit. Mais pense à ton cadet, lui a encore besoin de toi. Ne baisse pas les bras ainsi !

Les yeux du plus puissant banquier de Madrid lançaient des éclairs de colère et d'écœurement. Un rire jaune jaillit soudain de sa gorge déployée.

— Ah Carlos ! Tu as toujours les bons mots, toi ! C'est pour ça que tu es avocat et moi banquier… Mon cadet, Pedro, vaut à peine mieux que l'autre… Cette petite merde suit la même pente révolutionnaire. Tu sais, ces gosses de riches qui pavoisent et tuent à tout va à travers les rues et les campagnes d'Espagne… Au fond ils ne valent guère mieux que ceux qu'ils prétendent combattre. Tous ces cadavres se valent largement !

— Pense ce que tu voudras de tes fils et de la politique. Sache seulement que je suis convaincu que Juan-Carlos a agi par idéalisme exacerbé. Je ne crois pas que ses opinions y soient pour grand-chose.

— Ah… Parce que tu trouves ça romantique de faire sauter la tête des gens…

— Non. C'est méprisable. Ton fils s'est fourvoyé. Mais cela reste une erreur, fatale certes, mais une erreur. C'est de son âge de commettre des erreurs. L'époque que nous traversons n'est pas là pour arranger les choses.

Je n'osais intervenir dans ce dialogue de sourds. Le regard d'Ortiz y Pulido brillait d'une lueur méchante. Il renchérit, cette fois d'une voix plus doucereuse. Il voulait d'évidence produire un effet.

— Vous n'êtes pas au courant ?

— De quoi ?

— Les Gardes d'Assaut se sont vengés hier soir, quelques heures après les exploits de ma progéniture… Ils ont descendu Calvo Sotelo. D'autres dirigeants de droite sont sur les listes. Je ne serais pas surpris de les voir débarquer chez moi d'un instant à l'autre…

Luis Ortega était estomaqué.

— Pardon ? Calvo Sotelo ? Je… je ne suis pas au courant. Tué par des policiers !

— Des policiers en uniforme. Tout Madrid est au courant, vieil âne. Toi et moi nous faisons vieux.

10

Moi aussi j'étais passé à côté de tout. Rien à la caserne. Rien par Jacques. La mort de Calvo Sotelo me tombait dessus.

José Calvo Sotelo, député aux Cortès, était le leader charismatique de la Renovación Española, la grande alliance de droite monarchiste et catholique. C'était un des principaux leaders politiques du pays.

Mon client semblait avoir provoqué une réaction en chaîne sanglante. Je ne pouvais déterminer s'il s'agissait d'un drame ou encore d'une comédie. Le plus cocasse était que le député assassiné et moi vivions à seulement un pâté de maisons, dans le très chic quartier de Salamanca.

Un lourd silence s'était instauré. Les joues se mordillaient nerveusement.

Après quelques secondes, Carlos Ortiz, comme émerveillé par l'effet qu'il avait produit, se décida à rompre ce mutisme. Le sujet déviait, sa voix se faisait plus apaisante. Il souhaitait d'évidence détendre l'atmosphère.

— Parle-moi de tes affaires, Luis…

Les lèvres de l'avocat se dégrippèrent lentement, il sembla même esquisser un sourire malicieux.

— Figure-toi que j'ai décidé de prendre ma retraite ce matin.

— Toi ? La retraite ? Je ne te crois pas.

— Détrompe-toi. Je passe la main. J'ai décidé de me noyer dans l'alcool. Je ne peux même plus trousser les filles. J'ai passé l'âge des fêtes endiablées. Les vieux loups comme nous ne peuvent rester aux commandes éternellement. Des jeunes plus malins et gorgés d'ambitions méritent leurs chances.

Il me désigna du menton. Cela sembla inciter le banquier à me parler.

— Je me souviens de ton père à présent. Il s'est illustré pour avoir sauvé la bande d'un certain lieutenant Vinera… Que devient-il, ce diable ?

— Hum… C'est bien mon père que vous semblez évoquer, monsieur. Cela fait plusieurs années qu'il est décédé. Le lieutenant Vinera m'a aidé par la suite. Il est actuellement au Maroc.

— Dommage pour ton père, je garde un bon souvenir de lui. Je pense le rejoindre bientôt de toute façon… Et tu as décidé de travailler pour ce vieux salopard d'Ortega alors ? Tu t'en sors pas mal pour un fils de caporal sans le sou.

Don Luis fit mine de bougonner, mais je savais qu'au fond la remarque l'amusait.

Les deux se mirent à se chamailler joyeusement, d'une manière presque outrageuse. Les minutes passèrent. Je souriais poliment à leurs blagues. Les nuages noirs qui semblaient flotter au-dessus d'Ortiz à notre arrivée semblaient s'être dissipés. C'était à se méprendre sur la nature réelle des événements.

Décidément, tout cela me mettait très mal à l'aise.

Le majordome hautain fit son entrée dans la galerie. À pas feutrés il interrompit le maître des lieux en s'approchant de son oreille. Il y glissa quelques mystérieuses paroles. Je vis ce dernier blêmir alors que l'employé de maison s'éloignait discrètement.

Le regard perdu, il prononça ces paroles :

— Messieurs, nous allons recevoir une surprenante visite.

Il se leva. Don Luis et moi l'imitâmes. Des bruits provenaient du vestibule de l'appartement. Verrous de portes, talons sur les tapis, voix basses et étouffées. L'instant d'après, deux hommes pénétrèrent dans le salon.

Je reconnaissais immédiatement l'homme de tête. Ramiro Ledesma Ramos se tenait devant nous. Il m'apparaissait plus petit que sur les représentations le concernant. Néanmoins le fondateur des J.O.N.S.[1] avait la carrure large.

Je rassemblais mentalement le peu de connaissance que je possédais sur l'individu.

Nous avions approximativement le même âge et venions de milieux similaires. Moi j'étais parti vers le droit, lui la philosophie. Il avait écrit dans les tribunes intellectuelles les plus prestigieuses, dont la fameuse Revista de Occidente, d'Ortega y Gasset. Surtout il avait été le rédacteur en chef de la Conquista del Estado, le journal fasciste qui avait précédé les J.O.N.S. Un authentique brûlot.

Malgré ses penchants révolutionnaires exacerbés, il s'était lié en 1934 à José Antonio Primo de Rivera. La Phalange et les J.O.N.S

---

[1] Junte d'offensive nationale-syndicaliste

avaient alors fusionné. Néanmoins Ramiro Ledesma fut expulsé du nouveau mouvement dès 1935. Il était trop enragé pour certains réactionnaires phalangistes.

Cheveux gominés lancés sur le côté, un flot d'énergie semblait jaillir de sa personne. Lui aussi avait dû arriver en pardessus. Son costume était impeccable, sans trace aucune de toute cette eau qui s'abattait encore dans la pénombre de l'extérieur.

J'étais incapable de déterminer l'identité de son accompagnateur. Ce dernier le dépassait d'au moins une tête. Lui aussi était fort bien mis. Il paraissait néanmoins, malgré sa taille, bien plus jeune que Ramiro Ledesma. À ma grande surprise ce garçon s'avança et salua don Luis. Ils se connaissaient. Je comprenais vite pourquoi. Ce n'était autre que Pedro, le jeune fils de Carlos Ortiz. Le frère de mon client. Que faisait-il ici avec Ledesma Ramos ?

Ce dernier prit la parole après s'être gratté la gorge.

— Don Carlos, pardonnez cette intrusion. Je viens vous apporter, en mon nom propre et en celui de mes camarades, un soutien indéfectible. Votre fils Pedro est venu me trouver. J'ai décidé de venir.

Ortiz, poings serrés et mine pâle, se contenta de remercier le jeune leader. Il l'invita à s'asseoir. Avant de s'exécuter, ce dernier se tourna vers mon patron.

— Et voici donc l'inénarrable Luis Ortega, le prince des prétoires… Et vous, vous êtes ?

Il me dévisageait.

— Falco Martinez, collaborateur de maître Luis Ortega.

— Décidément cette ville regorge d'avocats… J'en connais un qui se trouve en ce moment même à la prison d'Alicante...

Il faisait une allusion explicite à José Antonio. Le chef de la Phalange était en détention depuis le mois de mars. Dès l'arrivée au pouvoir du Frente popular, plus de deux mille militants de la Phalange avaient été arrêtés.

Un autre plateau de rafraîchissements arrivait tandis que nous nous réinstallions autour de la table basse. L'assemblée était pour le moins étrange. Des notables bourgeois côtoyaient une jeunesse ardente et violente. L'écart générationnel ne pouvait mieux se marquer. Bizarrement, un semblant de discussion parvient à s'établir entre ces personnalités si divergentes.

Pour ma part je restais silencieux. J'écoutais.

Le jeune Pedro, pas plus de vingt ans, était assis à mes côtés. Lui aussi était donc phalangiste. J'imaginais rapidement qu'il avait dû être entraîné dans cet univers politique par son aîné. Les deux frères paraissaient proches de Ramiro Ledesma. Je ne voyais pas d'autres raisons à la présence de ce dernier en ces lieux.

— Vous avez pu voir mon frère ?

Je sursautais. Sa voix n'était qu'un souffle d'air. Il voulait rester discret.

— Oui, je l'ai vu. Je lui ai parlé. Il allait... bien.

— Bien ? Vous dites ?

Je me rendais compte de l'absurdité de mon propos. Bien sûr qu'il n'allait pas bien. Juan-Carlos Ortiz était enfermé dans une geôle et pouvait être condamné à mort d'ici quelques semaines.

— Disons qu'il est un peu secoué.

— Que vous a-t-il dit ?

L'anxiété avait amplifié sa voix fluette. Je regardais les autres. Ils étaient absorbés par leurs discussions. Ils ne faisaient pas attention à nous. Je décidais de profiter de l'occasion pour aborder un point qui me trottait.

— Votre frère a évoqué une certaine Paula. Une cousine…

— Ce ne sont pas les cousines qui manquent, mais celle-là… Il s'agit certainement de Paula de Pedraja. Une cousine germaine, du côté de notre mère. Nous la fréquentons depuis l'enfance. Elle a épousé un Grand d'Espagne l'année dernière.

— Je vois. A-t-elle pu avoir une influence quelconque sur votre frère ? Se côtoyaient-ils beaucoup ?

Il me répondit avec une moue de désappointement. Il épiait son père avec inquiétude. Ce dernier parlait toujours avec Ledesma et Ortega.

— Après le décès de ma mère, je sortais juste de l'enfance, nous avons cessé de fréquenter la famille de Paula. Juan-Carlos et moi sommes très proches, des confidents. S'il y avait eu des éléments particuliers concernant Paula et mon frère, je serais au courant. Mais… Il vous a parlé d'elle alors ?

— Oui. Ça vous étonne ?

— Plutôt…

— Je vois.

En réalité je ne voyais pas grand-chose.

À cet instant les trois autres se levèrent. L'heure était venue de se retirer. Je n'avais pu écouter les propos échangés, mais au final tout le

74

monde paraissait content de se séparer sur cette note. Nous nous rendions tous vers le vestibule où les effets, plus ou moins secs, nous attendaient. À tour de rôle nous saluâmes don Carlos. Il semblait un peu revigoré par cette visite. Néanmoins sa poignée de main avait gardé la même mollesse. Pedro nous rassura en précisant qu'il passerait la soirée auprès de son père. Il me remercia à voix basse pour les nouvelles que je lui portais concernant son frère.

Le majordome nous raccompagna, Ramiro Ledesma, don Luis et moi-même, jusque dans le grand hall de l'immeuble. Là attendaient deux hommes en pardessus, l'air patibulaire. L'escorte de Ramiro Ledesma.

À leur vue le souvenir d'un article de presse me remonta à l'esprit. Plusieurs jours auparavant tout un groupe de phalangistes, dans le genre des deux bonshommes qui se trouvaient face à moi, avait été fauché par une rafale anarchiste à la terrasse d'un café. Donc oui, mieux valait une escorte. Il ne faisait pas bon être garde du corps en Espagne en cet été 1936. L'espérance de vie finit toujours par tomber à zéro, mais par période cette dernière chute plus vite.

La pluie semblait enfin s'être calmée. Il ne s'agissait plus que d'affronter de ridicules gouttelettes. On pouvait même apercevoir le ciel entre les énormes nuages qui filaient vers l'est. Soir de juillet.

11

Une fois sur le trottoir, Ramiro Ledesma se tourna vers nous.

— Messieurs, nous organisons une réunion entre amis ce soir. Aimeriez-vous vous joindre à nous ?

Don Luis se racla poliment la gorge.

— Ce serait avec plaisir, mais mon associé et moi-même avons du travail…

— Bien évidemment ! Où avais-je la tête ? La justice tourne à toutes heures !

Après nous avoir salués chaleureusement, il se dirigea vers l'angle de la rue, encadré de ses deux gorilles. Des parapluies lui servaient de ciel. Notre chauffeur nous avait nous aussi rejoint avec le sien. Trop petit pour nous trois. La pluie, bien que faible, avait fraîchi et c'est avec des frissons plein l'échine que je rejoignis l'auto. Une forte envie de fumer me labourait la cervelle et la poitrine. Mais don Luis n'appréciait pas la fumée. Ainsi je me retenais de sortir une cigarette. Une fois dans l'auto, il se proposa de me raccompagner directement à mon domicile, sans passer par le bureau.

— C'est bon pour aujourd'hui. On reprendra demain.

J'acceptais l'offre sans trop réfléchir. L'idée de pouvoir retirer mes souliers et de me bourrer une pipe me séduisait. La voiture se mit en route en direction du quartier de Salamanca, tout proche. On me déposa à mon adresse.

Mes revenus, bien que non mirobolants, me permettaient de résider dans le quartier bourgeois de Salamanca. J'y louais un petit appartement, au quatrième d'un immeuble bien bâti.

Après avoir salué don Luis à la portière j'affrontais les gouttelettes et montais les marches quatre à quatre. Arrivé dans mon salon, je mettais ma veste à sécher sur un cintre, lançais la radio et me précipitais sur ma pipe et mon pot de tabac. J'avais une pipe au bureau, quelques autres dans mon salon et parfois des cigarettes pour mes déplacements. Merveilleuse sensation que celle de la première bouffée. Surtout après plusieurs heures d'abstinence. La fumée envahit la gorge et les alvéoles pulmonaires. L'esprit et les entrailles se détendent.

Les informations radiodiffusées traitaient principalement des troubles des dernières heures, liés aux meurtres successifs de Castillo et de Calvo Sotelo. En filigrane on parlait de la remilitarisation de la Rhénanie, là-bas, en Germanie. Je coupais vite le poste et me décidais pour un disque d'opérettes.

À l'extérieur la nuit était définitivement tombée, noire comme l'encre. Seules quelques lumières diffuses provenant des fenêtres d'en face venaient éclairer les pavés luisants de la rue. La pluie avait cessé pour de bon. J'ouvrais une fenêtre. La fraîcheur relative me fit renaître. Mon encéphale s'animait, mes pensées se faisaient plus fluides.

Je songeais à nouveau à l'affaire. Surtout à cette fameuse Comtesse de Pedraja. Les paroles du jeune Ortiz me revenaient, comme une vilaine prophétie. Quel était le rôle de cette jeune femme ? Était-elle réellement impliquée dans l'assassinat du lieutenant Castillo ?

Après quelques minutes de rumination solitaire, je décidais de trouver une aide, un appui. J'éteignais la musique et décrochais mon combiné. La voix encore juvénile et polie d'une standardiste de la Telefónica se fit entendre. Je lui donnais l'identité de mon correspondant.

Un instant plus tard, une voix familière, au fort accent français, me répondit.

— ¿ Diga ?

Son ton trop fort me heurtait les tympans.

— Bonsoir Jacques, Falco Martinez en ligne.

Il mit plusieurs secondes à réaliser que c'était moi au bout du fil.

— Tiens ! Voilà donc venir don Falco ! Haha ! Qu'est-ce qui t'emmène mon vieux ? Quoi de neuf depuis le déjeuner ? On n'a pas l'habitude de s'entendre au téléphone.

Il clôtura cette introduction par un claquement de lèvres sonore et caractéristique.

— Je craignais ne pas te trouver à ton bureau à cette heure. Je reviens de chez Carlos Ortiz. J'ai vu des choses qui auraient pu t'intéresser… Enfin, une personne, plutôt.

— Des choses de quel genre ? Une actrice ? Un écrivain célèbre ? Arf… Je n'en sais rien. Raconte.

— Du genre Ramiro Ledesma Ramos.

— Ah ! Intéressant ça ! Un intellectuel fasciste qui se prend pour la réincarnation de Nietzche… Qu'a-t-il dit ? Il a parlé de José Antonio ?

J'avais piqué sa curiosité maladive de journaliste.

— Yes sir ! Mais pas de front, en filigrane seulement.

— C'est-à-dire ?

— Pas grand-chose.

— Ah…

—, Mais je n'appelle pas pour satisfaire ton flair malsain typiquement français. J'aurais besoin d'un tuyau… Connaîtrais-tu, par hasard, une certaine Paula de Pedraja ? Elle se serait mariée récemment.

— Comment ? Pedraja ? C'est son nom de jeune fille ou celui de son mari, ça ?

— Le mari.

— Mmmh… Alors là, comme ça, je dirais oui. Pedraja… Un vieux Comte asturien. Un « réac » de première. Si ma mémoire est bonne, et généralement elle fonctionne plutôt bien, ce vieux salaud aurait épousé une jeunette il y a quelques semaines. Une fille de Madrid ou de Ségovie… Je ne sais plus trop.

— Paula Pulido ?

— Ah ! Voilà ! Paula Pulido ! Mais dis-moi… ce n'est pas le nom maternel de ton client ça ?

— Oui. C'est sa cousine. Tu peux m'en dire quoi ? Je croyais que tu savais tout sur tout…

— Deux secondes veux-tu ? J'essaye de me remémorer deux-trois choses… Hum… Bon, là, tout de suite rien de spécial. Elle doit s'ennuyer sévèrement avec le vieux ! Ça doit bien leur faire plus de quarante ans d'écart cette affaire… Si ce n'est pas triste… Tu l'as croisé chez Ortiz ? Elle est bien fichue ?

Je soupirais. Ce garçon était incorrigible.

— Je ne l'ai jamais croisée. Pour dire vrai, je me demande s'il n'y aurait pas un lien entre elle et le meurtre de José Castillo… Attention, rien de sérieux ! Ne t'emballe pas ! Quelles sont les attaches entre les Pedraja et la Phalange ?

— Il y en a peu, je pense. Même s'il y a probablement eu des liens entre le vieux Comte et le père de José Antonio. Mais tu sais, ils se connaissent tous dans ces milieux… Tu ferais peut-être un bon journaliste mon vieux !

— Ça rapporte moins.

— Merde… T'as raison.

Un silence s'installa. J'entendais bouillonner son cerveau à l'autre bout du fil. Il réfléchissait. Puis il reprit la parole.

— Bien. Je vais voir ce que je peux trouver sur cette clique, les Pedraja… Je te tiens informé.

— Merci Jacques.

— De rien. Ça t'en coûtera une tournée ! Bonsoir Martinez !

— Bonsoir !

Il raccrocha le premier.

L'espace d'un instant, un doute angoissant m'envahit. Avais-je bien fait de faire part de mes préoccupations à Mayeul ? On verrait bien.

Je me décidais pour un bain tiède. Je mettais l'eau à couler. Un instant plus tard, je m'y immergeais avec délectation. Mes soucis s'évanouirent. À l'issue d'un interminable barbotage, l'eau refroidie et la faim me jetèrent hors de la baignoire. Revêtu simplement d'un peignoir je décidais de faire une tentative culinaire, mais n'ayant aucun talent pour les cuissons et autres assaisonnements je me rabattais vite sur une conserve de sardines accompagnée d'un morceau de pain rassis. Enfin, je terminais cette étrange journée lové dans mon lit.

Il me paraissait trop grand et trop vide pour moi seul.

12

14 juillet 1936

Le lendemain, comme à mon habitude, je me rendais tôt au cabinet, à pied. La matinée était fraîche et limpide. Les trombes de la veille avaient purgé l'atmosphère de l'été castillan. L'entêtant roucoulement des pigeons descendait des toits. À deux pas de la Puerta de Alcalá, un magnifique soleil doré me salua de ses rayons. Je remarquais néanmoins que la présence policière était plus marquée qu'à l'accoutumée. Sur le Paseo plusieurs camions de Gardes d'Assaut étaient stationnés le long des trottoirs. À la mine endormie des hommes qui déambulaient tels des automates autour de ces derniers, carabine à l'épaule, je comprenais que la relève n'était pas encore passée. Les événements de la veille avaient dû mettre les services de sécurité sur les dents. Ils n'avaient pas grand-chose à surveiller. Des Gardes civils menaient le même manège sur Gran Vía. À cette heure la ville se réveillait doucement. Les lève-tôt profitaient de la fraîche. Ici les cafés commençaient à se remplir. Les clients réclamaient leurs rations de churros dorés. Des véhicules commençaient à circuler. Les rails du tramway crissaient sous les roues d'acier.

En entrant dans l'immeuble, j'éprouvais la vague déception de ne pas voir aperçu Maria sur sa bicyclette. Enfin, surtout ses cuisses. Le temps se prêtait à ce genre de spectacle.

Les bureaux étaient encore vides à cette heure. Seul Aznar était là, nez de rapace et visage émacié. Il m'apostropha sans me saluer.

— Tu es au courant ?

— Pour ?

Je craignais d'avoir encore raté un épisode. Il me tendit le journal qu'il tenait étalé sur son bureau.

— Calvo Sotelo, on l'a assassiné hier, très tôt…

— Ah oui, je le savais ça !

Aznar ne se laissa pas désappointer par ma réplique et faisait ses commentaires alors que je parcourais les lignes de la une.

— Je l'ai récupéré dès l'ouverture du kiosque. Le journal… pas Sotelo ! Il a été retrouvé la cervelle en plein air, sur le trottoir, devant le cimetière de l'est. Des Gardes d'Assaut sont venus le chercher directement chez lui et l'ont abattu. On ne peut plus faire confiance à la police… Je me disais que ça pourrait t'intéresser. Ils disent que c'est le meurtre du lieutenant Castillo par ton client qui les a énervés. Des représailles. La police… tu te rends compte ! Tu es certain que le fils Ortiz va survivre longtemps en prison ?

Aznar semblait décidément très excité par cette histoire. Il me dévisageait par-dessus ses lunettes. Il renchérit.

— Ça, si tu veux mon avis, c'est le signal… À partir d'aujourd'hui le nombre de morts va augmenter. Beaucoup augmenter même.

Je décidais de répondre, peut-être afin de le rassurer. Son anxiété déteignait sur moi.

— Il reste l'armée… Je n'imagine pas certains généraux laisser assassiner des députés tels que Calvo Sotelo.

— Et bien qu'ils se bougent, tes généraux ! Sinon on va se retrouver avec toute une clique de bolcheviques au cul avant l'automne, vu les types que l'on défend dans ce cabinet…

J'allumais une cigarette.

Aznar me mettait sur les nerfs pour la journée. Son monologue se poursuivait. Je restais, par politesse. Les confrères arrivaient un à un. La sanglante actualité ne laissait personne indifférent. Même Alberto avait perdu une part de son sarcasme. Nul ici n'était de gauche, nous le savions. Les commentaires contre le régime étaient acerbes. De plus, il était de notoriété publique que don Luis, qui arrivait systématiquement tard dans la matinée, était un membre actif au sein des mouvances de droite. Je comprenais, en écoutant la conversation, qu'il avait connu de près Calvo Sotelo. Bien que cela ne me surprenne guère, je songeais qu'il ne me l'avait pas révélé la veille, chez Ortiz ou dans la berline. Je parvins à me dépêtrer du groupe grave et sombre de mes confrères et à atteindre mon bureau.

□

Maria fit une apparition de charme au cœur de la matinée, pour mon plus grand plaisir. Cela me permettait de me changer les idées de manière « constructive » alors que je travaillais sur le dossier Ortiz. Je pouvais deviner la forme de ses hanches sous les plis de sa jupe. Elle se tenait, souriante, dans l'encadrement de la porte du bureau.

— Don Luis a appelé et laissé un message pour vous. Il se sent nauséeux et ne pourra venir aujourd'hui. Il vous laisse carte blanche pour le dossier Ortiz.

Je me mordis la lèvre inférieure tout en tâchant de garder bonne contenance. Une excitation peu à propos me gagnait l'entrejambe.

— Heu… oui… Merci Maria. Très gentil de votre part de me prévenir.

— De rien, maître.

Elle repartit dans un troublant déhanché.

Je ne comprenais pas ce qui se passait avec Maria depuis un moment. En fait depuis le début de l'affaire Ortiz. Je la voyais partout, dans des postures qui m'enflammaient l'esprit. Bien sûr, j'avais remarqué, dès son arrivée au cabinet il y a quelques mois, qu'elle était particulièrement jolie. Néanmoins je n'avais jamais éprouvé le désir de la conquérir. Quelque chose de l'ordre de la conscience professionnelle me retenait.

J'ignorais pourquoi.

L'absence de don Luis ne me rassurait pas. Pour m'occuper, je décidais de me rendre à la prison Modelo dans l'après-midi. Je désirais savoir comment allait Juan-Carlos suite à son transfèrement. Et faute de consignes précises, je décidais de faire à ma façon. En attendant l'heure de sortir, je poursuivis ma paperasse et mes ruminations.

En milieu de matinée Maria revint me trouver.

— Maître Martinez, je viens de recevoir un appel pour vous. Un homme qui avait un drôle d'accent… Il s'est à peine présenté. Un Français, je crois… Il dit qu'il passera vous récupérer à 16 h précise, en bas de l'immeuble. Vous savez de qui il peut s'agir ?

— Oui, ne vous inquiétez pas. C'est un ami.

Je ne pus retenir un sourire. C'était Jacques Mayeul.

13.

Juste après 16 heures l'atmosphère était brûlante, plus implacable encore que la veille. De petites colonnes d'air chaud s'élevaient des pavés et faisaient danser la lumière ardente. Elles jouaient avec les façades et la statuaire du centre de Madrid.

J'attendais comme convenu en bas de l'immeuble. Gran Vía était désertée, assommée. Pas plus d'une trentaine de personnes s'efforçaient de s'y mouvoir en s'appliquant à bien coller l'ombre des immeubles. Les autres attendraient que le soleil baisse davantage avant de se risquer à sortir de leurs tanières.

Après quelques minutes, le passage d'un tramway vide et de deux automobiles, je pus entendre un bruit de moteur qui venait du bas de l'avenue et qui s'approchait rapidement. Le son s'amplifiait et rebondissait contre les façades. La pétarade qui accompagnait chaque changement de rapports me faisait sursauter.

Un superbe roadster gris, je reconnaissais un Hispano-Suiza J12, fit son apparition dans mon champ de vision, capote ouverte. Les chromes de la calandre et des rétroviseurs brillaient d'une manière insolente. Le véhicule vint prestement stopper sa course quelques 30 centimètres devant mes orteils. Je pouvais admirer, tête baissée, les enjoliveurs rutilants.

Jacques Mayeul était au volant, nonchalant. Crinière ébouriffée et veste légère. Il affichait un sourire narquois sous ses petites lunettes rondes et noires.

— Qu'est-ce que tu attends planté là comme une asperge ? Monte ! N'aie pas peur, la voiture n'est pas à moi.

— Tu as trouvé ce machin où ?

— Tais-toi et monte là-dedans.

J'embarquais dans le véhicule biplace. Le siège me paraissait bas. Tout cela m'épatait un peu. Je voulais en savoir plus sur la provenance de cette superbe machine.

— À qui appartient cet engin ?

— À ma sœur.

— Pardon ?

— Laisse tomber…

— Tu sais que j'avais prévu d'aller voir le fils Ortiz à la prison Modelo cet après-midi…

— Annulé. Désolé. J'ai mieux à te proposer !

Il ne me laissa pas le temps de rétorquer. Le moteur vrombit et l'auto décolla en me plaquant contre la sellerie. Jacques zigzagua avec aisance entre les rares autos circulant à cette heure. Nous roulions si vite que les quelques agents chargés de la circulation que nous croisions étaient désemparés. Poursuivant sur le même axe nous dépassions Callao et la Plaza de España en un clin d'œil. Le trajet nous conduisit devant la prison Modelo. J'eus une pensée pour mon client que j'avais initialement prévu de visiter. Mais les sensations physiques que j'éprouvais m'empêchaient de trop réfléchir et de ressentir une quelconque forme de culpabilité. Je me cramponnais autant que faire se peut à la portière.

— Tu es complètement cinglé ! Arrête tes conneries Jacques !

Il ne m'entendit pas. Ses brusques accélérations me rivaient au siège. Chaque seconde, j'avais la sensation de prendre un coup de gourdin dans la poitrine. Je sentais la nausée m'envahir l'estomac. Cinq minutes plus tard, nous quittions la ville. Les chaussées en pavés et ciments laissèrent la place à la terre battue. Jacques était contraint de lever le pied. Trop peu à mon goût. Un soleil puissant baignait toute la campagne.

—, Mais où est-ce que tu nous conduis comme ça ?

Toujours aucune réponse. Je devinais à travers ses lunettes noires que son esprit était plutôt occupé à éviter les nids de poule qu'à daigner me répondre. Nous soulevions une poussière jaune absolument terrible. Le vent sifflait et le rugissement du moteur couvrait l'environnement extérieur. Le seul avantage de cette avancée à haute vitesse était de nous apporter de l'air malgré la brûlante atmosphère.

Jacques ralentit un peu. Il prit enfin la parole en s'appliquant à parler fort afin de couvrir les bruits de tempêtes que crachait le V12.

— Je me suis renseigné sur les Pedraja. Lui est rarement à Madrid. Il soigne ses rhumatismes dans une de ses propriétés andalouses. C'est plus indiqué que les Asturies d'où il est originaire. Il possède aussi un autre domaine près de San Lorenzo. Et ta Comtesse Paula vit là la plupart du temps !

San Lorenzo était à une cinquantaine de kilomètres du centre de Madrid.

— C'est là que tu nous conduis ?

— Je ne conduis pas moi, monsieur. Je pilote. Nuance. Et oui, c'est là qu'on va.

— Pourquoi maintenant ?

— Je sais de source fiable qu'une réunion importante doit se tenir dans cette fameuse propriété ce soir…

— Une réunion importante ?

— On verra bien. Disons que j'ai bien envie de m'inviter à la fête…

Il s'était tourné vers moi, arborant une dentition immaculée qui tranchait net avec ses verres opaques. Il semblait fier de son coup. J'étais sur les nerfs.

— Jacques, je n'ai aucune envie d'aller à San Lorenzo ce soir ! Ramène-moi vite fait à Madrid et fais ce que tu veux. Mais je n'ai guère le désir d'être mêlé à tes délires journalistiques !

— Minute l'ami ! C'est toi qui m'as mis sur ce tuyau en m'appelant. Tu ne faisais pas l'intéressé hier soir ?

Il n'avait pas tort. Il donna un nouveau coup de volant. Le roadster fit une énorme embardée. Il jura dans sa langue.

— *Putain de trous à la con !*

Côtes meurtries, souffle court. Je ne comprenais pas le traître mot des insanités que lâchait Mayeul. Néanmoins ce dernier n'était pas refroidi. Il reprit sa conduite chaotique, plus calmement toutefois.

— *Putains de routes espagnoles de merde ! Ce pays est à chier !*

— Calme-toi ! Tu l'as trouvé où, cette machine de mort ?

— Je t'ai dit, ça appartient à ma sœur... Arrête de me regarder comme ça, gros nigaud, tu ne vois pas que je te balade ? Je l'ai gagnée aux cartes ! La semaine dernière l'ambassadeur de Belgique se pavanait dedans avec ses maîtresses… et paf ! Je l'ai eue !

— T'es un complet cinglé…

— Oui.

Il se tordait de rire, agrippé à son volant. La vitesse l'enivrait. Il ne semblait plus être très loin de la folie. J'avais peur. Le paysage défilait à haute vitesse. Nous avions déjà dépassé Las Rozas, au nord-ouest de Madrid. Les dernières traces de printemps avaient été définitivement effacées par le soleil de plomb. Ce dernier prenait son temps pour descendre à l'ouest. Même lui aussi semblait sonné par sa propre fournaise. Le ciel restait d'un bleu profond. Les plateaux de Castille, grandioses et infinis, restaient cuits, brûlés, assommés, par cette lumière trop riche. Tout était ocre, marron, minéral. Ça sentait la roche et la poussière. La chaîne du Guadarrama nous barrait l'horizon. C'est vers ces montagnes que nous menait notre course. Ici il n'y avait plus aucune trace de revêtement cimenté. Le pare-brise était couvert de pigments jaune-orangé et Jacques devait parfois sortir la tête pour évaluer ses trajectoires.

Enfin, après plus d'une heure d'épuisant trajet, nous arrivions en contrebas de l'Escorial. Le monument aux lignes austères nous surplombait de toute sa masse. Cela faisait plusieurs années que je n'étais pas monté à San Lorenzo. Dans mes souvenirs Vinera m'y avait conduit une fois. Je devais avoir alors dans les quatorze ans.

Jacques tournait désormais en rond à travers les rues étroites de la petite cité qui jouxtait l'énorme palais-monastère. Il cherchait manifestement quelque chose. Nous roulions au pas. Le staccato mécanique de l'auto emplissait tout le quartier. Bizarrement on ne semblait pas faire attention au luxueux roadster. Nombre de Madrilènes de la bonne société possédaient une résidence secondaire dans les alentours de San Lorenzo et les gens d'ici étaient habitués, dans une certaine mesure, à cette débauche de chromes.

Le soleil descendait enfin. La vie reprenait son cours et quelques personnes vaquaient à leurs occupations sur les trottoirs.

Jacques stoppa le véhicule à l'ombre des platanes, moteur en route, sur une petite place ou coulait une gentille fontaine en granit clair. Là, sur un petit banc de pierre, un homme âgé se prélassait, tout en canne et casquette. Jacques le héla depuis son siège :

— Excusez-nous monsieur, pourriez-vous nous indiquer la direction du domaine de Los Moros ?

Le vieux se gratta l'oreille. Il n'entendait pas bien. Et le ronflement du moteur ne l'aidait guère.

Jacques réitéra, plus énergiquement :

— Nous cherchons le domaine de Los Moros ! Los Moros !

L'ancien lui répondit d'une voix cassée par le tabac.

— Pardon ? Tu dis quoi ? Des Maures ? Où ça ? Je n'ai jamais vu de Maures ici… Si vous voulez trouver des Maures, il faut vous rendre au Maroc !

Jacques soupira à la manière d'un équidé.

— Complètement bouché, celui-là… Le domaine de L.o.s.M.o.r.o.s !

— Ah oui, Los Moros ! Avec votre accent bizarre, je ne vous avais pas compris… Pour aller à Los Moros, il faut descendre par la route de Collado. À la sortie du bourg, prenez tout de suite à droite et continuez sur quelques kilomètres. Vous ne pouvez pas rater, c'est entouré de bois !

Mayeul remercia le dur d'oreille en maugréant et fit crisser les pneus en remettant le bolide sur son axe. Il s'efforça néanmoins de suivre la direction indiquée par la canne du vieux.

— *T'en foutrais moi, des « accents bizarres »...*

— Jacques quand tu parles trop vite en français pour dire des insanités je ne te comprends pas. J'espère que tu n'insultais pas ce brave homme...

Pour toute réponse je me trouvais de nouveau ballotté en tous sens. Après les dernières maisons de San Lorenzo, nous retrouvions les prés carbonisés. Quelques bouquets de pins maigrelets, le long de la route, apportaient néanmoins une ombre bienvenue. Sur notre gauche les sommets granitiques de la sierra nous couvraient de leur masse. Globalement, le minéral dominait dans cette composition.

Jacques n'emprunta pas la route indiquée par le vieux, au fameux embranchement. Il laissa la piste de terre qui donnait accès au domaine courir sur la droite.

—, Mais... qu'est-ce que tu fabriques ? Le grand-père nous a précisé que c'était par-là !

— Ah, parce que tu crois qu'on va nous laisser entrer gratis chez madame la Comtesse de Pedraja ? Je vais prendre le prochain chemin et on terminera à pied... Tu vois les hauteurs, là-bas ? On va s'y planquer discrètement et repérer les lieux. J'ai pris une paire de jumelles.

Je me retrouvais, bien malgré moi, embarqué dans une authentique opération militaire menée par un pied nickelé. Je commençais à voir rouge.

— Tu es définitivement un malade... Nous roulons dans une machine bardée de brillants et, qui plus est, qui s'entend à des kilomètres à la ronde… Et là tu veux jouer à l'espion ! Ou à la chasse à l'affût ! C'est d'une incohérence totale ! Je n'ai pas signé pour ça, moi !

— Je ne suis pas malade, je suis Français. Arrogance et pédance ! Tiens, voilà le prochain embranchement.

Alors que sa carcasse se tordait de rire suite à sa tirade de gascon, il quitta la route pour bifurquer droit dans une piste terreuse, sur la droite. Cette dernière était toute en creux et ornières. Nous roulions désormais au pas, enveloppés de murets de pierres sèches défoncés, de vignes noueuses, d'herbes brunes et d'oliviers centenaires. Le soleil, qui avait incendié le paysage tout le jour, commençait à baisser et rougir. Les alentours se nappaient peu à peu d'or fondu. On pouvait entendre le chant entêtant de quelques cigales et des piaillements d'oiseaux assoiffés par-dessus les ronflements profonds du moteur. Finalement Jacques coupa les pistons au milieu du chemin, après plusieurs centaines de mètres.

— Là. C'est parfait ici.

Les sonorités du moteur, qui avait tourné tout l'après-midi, m'avaient complètement assourdi. Mes oreilles bourdonnaient. Nous étions en pleine cambrousse castillane. C'est-à-dire au milieu de nulle part. Pas un taureau de combat à l'horizon. J'entrepris de quitter mon siège et de m'étirer les membres. J'étais fourbu, passé à la moulinette. La poussière couvrait déjà mes chaussures alors que je m'efforçais d'exécuter quelques pas. Je m'époussetais les épaules et les cheveux. Le roadster, lui aussi, n'avait plus tant fière allure.

J'ignorais tout de la suite des hostilités.

14

— Et maintenant, Jacques, on fait quoi ? On part à la pêche ?

Mon ton empli de ressentiment ne sembla guère le surprendre. Pour toute réponse il se hissa sur un des murets qui encadraient le chemin. Perché sur les pierres, mains sur hanches, il prenait des airs de général romain prêt à faire plier le monde sous son joug. Je devinais qu'il observait l'horizon à travers les carreaux noirs de ses lunettes.

Soudain, d'un geste brusqué, il pointa une direction de l'index :

— Tu vois ce creux, en contrebas, à deux ou trois kilomètres ? Je suis sûr que la baraque est par là-bas.

— Et qu'est-ce qui vous permet d'affirmer cette vérité irréfutable, Sir Livingstone ?

— Je me passe de ton sarcasme ibère. J'ai fait mon service à Oran, dans les Chasseurs d'Afrique. Et toi, tu as fait un peu d'armée au moins ?

— J'ai été dispensé.

— Du scoutisme, peut-être ?

— Non.

— Et l'Afrique ? Tu as déjà posé tes pattes en Afrique ?

— Non plus.

— De l'alpinisme peut-être ? C'est sympa Chamonix, tu sais.

— Nan.

— Bien. Dans ce cas, laisse faire bibi. Rends-toi plutôt utile en ouvrant la malle. J'ai prévu le nécessaire pour notre randonnée pédestre.

Jacques commençait à sérieusement me taper sur le système nerveux. J'avais fait preuve d'une stupidité sans nom en acceptant de l'accompagner. Cette petite aventure me semblait hautement hasardeuse et je ne percevais guère sa finalité. Néanmoins je m'exécutais et ouvrais la malle en faisant démonstration explicite de toute ma mauvaise volonté. J'y trouvais un petit sac de montagne et un étui contenant les fameuses jumelles. Jacques sauta de son perchoir et vint me rejoindre. Il sortit du sac une gourde en métal blanc et but quelques gorgées.

— Tiens, prends ça. Vas-y doucement quand même, c'est du gros rouge. J'ai aussi pris deux trois bricoles pour manger.

— Merci, c'est une délicate attention…

Il enfila les bretelles de la musette pas dessus sa veste, referma sèchement la malle de l'auto et prit les devants vers la direction présumée du domaine de Los Moros.

— On y va. Suis-moi.

Je lui emboîtais le pas, guère enthousiaste.

Au loin sur notre gauche on pouvait deviner les bêlements d'un troupeau en pâture. Le soleil poursuivait sa chute. Il allait bientôt passer derrière la sierra. Nous gardions le silence. Je me contentais de poser mes chaussures là où passait Jacques.

Ma tenue était parfaitement inadaptée pour ce genre d'activités. Même dans les pentes les plus légères du terrain mes semelles plates ripaient sur les pierres qui traînaient un peu partout. Mon sens de l'équilibre était mis à l'épreuve. Dans moins d'une heure, il deviendrait impossible de distinguer le sol. La gourde d'aluminium, que je portais en bandoulière, me sciait l'épaule. Malgré la légère brise du soir, je transpirais déjà à grosses gouttes. Enfin, arrivant au sommet d'un léger dénivelé où trônaient deux vieux châtaigniers, nous pouvions enfin apercevoir, au loin, les toits en tuiles romaines d'une propriété. Nous devions être à environ deux kilomètres. Jacques jeta ses petites lunettes noires en poche et fit jaillir les jumelles de leur étui. Il scruta méticuleusement les alentours des édifices.

— Arf… On ne peut rien voir d'ici. Ils ont planté des arbres partout dans ce fichu parc.

— Donc ? On fait quoi maintenant ? Chercher un autre panorama ? Attendre la nuit pour observer les satellites de Jupiter ou la ceinture d'Orion ? Franchement, je crois qu'on devrait faire demi-tour.

— Non. Et ça m'étonnerait que l'on puisse observer les satellites de Jupiter avec ce genre d'optiques… On se rapproche encore et on avise.

Il ignora royalement mes remontrances et se remit en route à pas souples. Après quelques instants d'hésitations, je me replaçais à sa suite, absolument excédé. Quelques minutes plus tard, et une ou deux chutes dans les herbes dures, nous arrivions au pied d'un mur de moellons bien agencés qui nous dépassait d'une bonne hauteur d'homme. Il s'agissait de l'enceinte maçonnée du parc de Los Moros.

— Jacques, je pense que tu fais erreur. On ne pourra rien voir avec ce mur. Il nous masque la vue.

— Et qui te dit qu'on va rester planté derrière le mur ? On n'est pas venu pour la balade, mais pour découvrir ce qui se passe ici. Ce soir.

Il me fit un clin d'œil et lança son menton vers le haut du mur recouvert de mousses sèches. Je compris immédiatement où il souhaitait en venir.

— Ah, que non ! Si tu t'imagines un instant que je vais franchir ce truc, tu te mets le doigt dans l'œil ! C'est exclu. Absolument exclu ! Je vais laisser là ta fichue gourde et je m'en retourne à Madrid !

— Arrête donc de jouer ta vieille femme ! Vous ne faites que geindre, monsieur l'avocat ! Même une carmélite aurait plus de cran que toi… Si seulement tu te voyais… Et tu es parfaitement incapable de retrouver ta route. Il va faire nuit de toute façon et je sais que tu ne sais pas conduire, tu me l'as dit il y a quelque temps. C'est moi le pilote ! Ta fameuse Comtesse de Pedraja et de l'autre côté de ce putain de mur ! Tu comprends ! Alors on va s'asseoir ici quelques minutes, le temps de voir le jour baisser un peu et de croquer un morceau. Après on saute.

De son sac jeté à terre, il sortit une demi-miche de pain dur, un morceau de fromage de brebis gros comme le poing et de la saucisse sèche. Gorge serrée, tête lourde, je bourrais ma pipe et tirais quelques grandes bouffées, comme pour faire pénétrer la fumée dans chaque parcelle de mes poumons. Adossés au mur, nous buvions et mangions en silence. La brise du soir avait un peu forci et faisait frémir les touffes d'herbe sèche. Ma sueur séchait, des frissons me parcouraient l'échine. Le ciel virait à l'orangé intense. La nuit n'était plus loin. Le calme revenait en moi. Ma colère retombait lentement. Je terminais ma pipe entre deux bouchées de pain. Jacques se leva et s'essuya les mains sur son pantalon.

— Bon. On va passer de l'autre côté.

Il replaça les quelques restes de la collation dans sa musette et me tendit cette dernière. Il voulait avoir les deux mains libres pour ses acrobaties. Je lui fis la courte échelle et, après une impulsion hasardeuse, il se hissa au sommet de la paroi à la force des bras. Il s'installa en haut, à califourchon.

— Falco, envoie le sac et les jumelles.

Je lui propulsais le paquet qu'il laissa retomber du côté du parc sans aucune précaution.

— À toi maintenant…

Après quelques tentatives infructueuses, Jacques parvint à me hisser. Mes chaussures glissaient contre la pierre. Mes muscles étaient congestionnés, mes bras tremblaient. Après une courte respiration, nous sautâmes d'un même bond vers l'intérieur. La retombée fut lourde.

Nous étions passés à l'intérieur du domaine de Los Moros.

15

La pénombre rendait toutes choses indistinctes et grises. On pouvait néanmoins deviner la présence de nombreux arbres. Nous avions visiblement atterri dans une pinède. Le Français prit encore une fois les devants. Le terrain descendait en pente douce. Des pierres et des pommes de pin traînaient un peu partout. Il fallait marcher sur ses gardes.

Au loin sur notre droite on pouvait deviner le bruit d'un moteur en route. Des pneus remuaient les pierres d'un chemin. Puis, entre les troncs des pins, je pus deviner des lueurs de phares. Le véhicule ne venait pas vers nous. Il roulait dans la direction des bâtisses.

Jacques commenta :

— Ce doit être un des invités qui se pointe à la soirée mondaine, ça... Il va être bientôt 11 heures.

— Ils seront beaucoup ?

— Je n'en sais rien. On verra bien. Tu aimerais boire une coupe, avoue.

Ma maigre assurance, revenue après le passage du mur, commençait à s'effilocher. Plus nous avancions et plus la situation devenait incertaine. Je pressentais quelques dangers alors que nous progressions dans l'ombre. L'odeur de sève chaude, caractéristique des soirs d'été, m'emplissait les narines. Je levais la tête. Entre les aiguilles et les branches, je pouvais deviner la voûte céleste. Elle était d'un mauve profond. La nuit n'était pas encore totalement tombée. Mais, parfaitement distinctes, quelques étoiles commençaient à scintiller.

Perdu entre la contemplation des astres et les tâtonnements de mes pieds, je ne vis que tardivement les autres sources de lumière, plus artificielles cette fois, qui nous faisaient face. Nous étions arrivés à la lisière du bois. Jacques s'était accroupi. Je fis de même et me traînais jusqu'à ses côtés grâce à des attitudes reptiliennes que je n'avais guère l'habitude d'employer. Certains de mes muscles râlaient sec. Une fois bien positionné, je projetais mon regard vers l'avant.

Il y avait de larges fenêtres, sur deux niveaux. Une lumière chaude émanait de l'intérieur de l'édifice. Ce dernier était vaste, de toute évidence. L'absence d'éclairage extérieur empêchait de discerner le style architectural et la disposition précise des lieux. Des silhouettes se mouvaient à l'intérieur. En prêtant l'oreille, on pouvait percevoir ce qui semblait être de la musique et des éclats de voix. Plus proche de nous s'étendait une vaste étendue noire qui descendait vers la bâtisse, certainement une pelouse.

À l'affût, Jacques sortit doucement les jumelles de leur étui et les braqua sur son objectif. Il se mit à chuchoter dans un mélange trouble de français et de castillan.

— *Putain, j'en étais sur…* C'est bourré de militaires là-dedans…

— Comment le sais-tu ? Ils portent des uniformes ?

— Tu crois vraiment qu'ils vont se pointer en tenue ici ? Non, ça se voit à leurs démarches…

Il ricanait.

— Tiens, jette un œil.

Il me tendit les optiques. Je tâchais de m'accouder aussi

confortablement que possible. L'objet, certainement conçu pour un usage nautique, était lourd et encombrant. Après quelques trésors de réglages à la molette, je pus enfin détailler la scène.

De toute évidence il s'agissait d'une réception de haut standing... Quelques domestiques en livrées blanches faisaient le service. Les convives pouvaient passer librement des salles intérieures à une vaste terrasse ceinturée d'une balustrade. Il y avait aussi quelques femmes en tenues de soirée. Tout ce monde semblait converser gentiment, par petits groupes, verre en main. Je rendais les jumelles à Mayeul.

— À ton avis, ils sont combien ?

— Mmmh... Je dirais une bonne quarantaine. Regarde, un beau paquet de voitures est stationné là-bas. Tu vois Falco, je t'avais bien dit qu'il se tramait une affaire.

— Pour l'instant il n'y a rien de factuel. Seulement des gens qui sirotent de l'alcool dans une grosse maison de campagne. Et puis quoi ?

Ses lèvres émirent un claquement sonore, signe d'intense réflexion chez Jacques.

— Bien, disons que je suis curieux désormais de connaître les identités de ces individus, ainsi que leur activité exacte en ce lieu. Là, de but en blanc, ce n'est pas très difficile à interpréter... C'est une clique factieuse qui souhaite se faire discrète afin de fomenter des coups contre le régime. Ils aiment à jouer les intrigants. Je souhaiterais aussi savoir s'il y a parmi eux des autorités, des personnages connus... Donc on va rester en planque ici et surveiller tout ce beau monde. On va peut-être parvenir à distinguer leurs trognes.

— À cette distance ? Pour ma part je ne trouve pas ça très discret pour fomenter un complot…

— Tu tiens à te rapprocher plus, Falco Martinez ?

— Sans façon.

— Bien. Patience à présent. Patience… répondit-il sur un ton amusé.
Puis il vissa les binoculaires sur son visage.

C'était donc là que résidait la Comtesse Paula de Pedraja. Et, en bas,
c'était des gens qui la fréquentaient. Ses amis, peut-être. Petits fours et
champagne. Des fréquentations peu recommandables d'après Jacques.
Mais qui était donc cette femme qui me hantait l'esprit depuis le début
de l'affaire Ortiz ?

Les trémolos d'un gramophone me parvenaient aux oreilles. Allongé
sur le ventre je me sentais bercé. Le chaos du trajet, ainsi que la
promenade très glissante avec mes semelles plates, m'avait vidé. Je
sentais le contrecoup de cette fin de journée pour le moins sportive.
J'avais du mal à remuer mes membres endoloris et congestionnés. De
plus, il fallait lutter pour ne pas s'endormir.

La fatigue, cette curieuse sensation tout en lourdeur, flottement et
tempes écrasées.

□

Soudain, un craquement de branchages, derrière nous et à peine
perceptible, me fit sursauter. Je m'éveillais pour de bon.

— Jacques, tu as entendu ça ?
Il gardait ses jumelles braquées.

— Mmh… non. Quoi ?

104

— Un bruit bizarre, dans les bois.

— Sûrement le vent. Laisse-moi me concentrer veux-tu. J'observe encore quelques minutes.

Je repris mon attente, bien plus vigilant.

Plusieurs secondes passèrent lorsqu'un bruit similaire se fit entendre à nouveau. C'était proche. Je me retournais. Rien. Tout était noir, les troncs des pins baignaient dans l'encre. Cette fois je me mordis la langue et ne dis rien à mon comparse. Ce dernier n'avait pas bougé d'un pouce. Était-il sourd ? Ou bien la fatigue me jouait-elle des tours ?

C'est alors qu'une nouvelle sonorité, terrible et paralysante, atteignit mes oreilles. C'était à moins de quelques mètres. Beaucoup trop proche. Mes poils s'étaient hérissés d'un bond et mon cœur était parti dans une folle cavalcade. Cette fois Jacques bougea. Il décolla les jumelles de son visage et les posa très lentement sur le sol. Le son continu ne s'arrêtait pas. Lentement, très lentement, nous fîmes l'effort suprême de nous retourner.

Un énorme dogue noir nous observait, l'œil luisant et les babines retroussées. Il était à peine à deux mètres.

Jacques, toujours rapide, même dans les situations les plus désespérées, entreprit de reprendre le dessus. Il chuchotait, le souffle court.

— *Oh putain… Oh putain… Ooooh putain…* Falco, lève-toi, comme moi. Très lentement… Pas de gestes brusques surtout. Ça va bien se passer… hein, le chien…

Ses paroles n'avaient rien de très convaincant. Il était parvenu, je ne sais par quel miracle, à s'accroupir. Pour ma part impossible de me mouvoir. J'étais hypnotisé par l'ivoire des canines. Elles tranchaient distinctement avec la pénombre ambiante et le pelage de la bête. Le chien, grondant et les muscles bandés, ne semblait pas avoir pris sa décision. Attaque féroce ou aboiements d'alerte ?

Nous étions dans une merde noire.

16

Jacques parvint à se dresser sur ses jambes, lentement.

— Falco, lève-toi bon sang !

L'effort était surhumain. Je ne lâchais pas l'animal des yeux. Lorsque je pus me mettre sur les genoux, avec d'infinies précautions, l'énorme chien se décida à délivrer un véritable feu d'artifice de vocalises canines. Les aboiements surpuissants me vrillaient les oreilles.

— Et merde !

Jacques ne chuchotait plus, lui aussi s'était mis à hurler.

— Bouge Falco ! Bouge !

Le chien se jeta en avant dans un bond foudroyant. Gueule ouverte et bave volante. Le Français était sa cible. Un réflexe salutaire sorti Jacques du pétrin, au moins lui fit-il gagner quelques secondes. Un coup de savate habilement décoché en pleine mâchoire provoqua un jappement de surprise. Sonné et stoppé dans son élan, le chien recula de plusieurs pas.

Mon comparse l'engueulait ferme dans sa langue maternelle :

— *Enculé de clébard de merde ! Casse-toi de là, immonde créature !*

Puis il se tourna vers moi :

— Tu vas te décider à te lever, abruti d'Espingouin ! Faut qu'on se tire d'ici !

Le chien allait revenir à la charge.

Le corps prit enfin l'ascendant sur l'esprit. J'étais électrisé et me levais d'un bond, surpris par mes automatismes. Je me mis à courir. Ce devait être là un instinct venu du fond des âges, du temps où l'Homme était encore une proie comestible. Mais, mauvais penchant de l'instinct préhistorique, j'avais pris à toutes jambes la direction de l'habitation et des lumières. Durant des millénaires c'était les feux qui avaient éloigné les loups.

Jacques n'était pas avec moi. Il avait filé dans une autre direction. Certainement vers l'intérieur de la pinède. Je me retrouvais seul, à galoper comme un dératé dans la nuit vers la grande maison. Certainement l'un des derniers endroits vers lequel il fallait se diriger.

□

Un unique facteur emplissait la presque intégralité de ma boîte crânienne : le bruit de respiration du chien qui me filait le train.

Soudain un énorme coup s'abattit entre mes omoplates. Choc et surprise. Mon diaphragme ne fonctionnait plus. Impossible de respirer. Le chien, une fois à portée, m'avait bondi dans le dos et percuté de sa tête. Je m'effondrais en avant. Par automatisme, je portais mes avant-bras au niveau de mes tempes et me lovais au sol, contre le gazon à moitié brûlé par l'été.

Puis, une douleur fulgurante me traversa le mollet gauche. Le chien, avide de mordre, avait planté ses crocs et remuait sèchement. L'instant me parut durer une éternité. Les choses finirent néanmoins par se calmer.

Haletant, je relevais le visage. Une paire de chaussures trônait devant mon nez.

— Relève-toi lentement. Et pas de conneries !

Le ton ne donnait guère envie de contrevenir.

Je parvins à m'exécuter malgré les élancements qui me parcouraient la jambe gauche. Un liquide chaud et visqueux s'était étalé jusqu'à la cheville. Mon pantalon poissait. Une fois debout, je pus constater qu'une petite dizaine d'ombres m'entouraient. Des éclats métalliques au niveau des mains révélaient la présence d'armes de poing braquées. Je ne pouvais distinguer les visages dans la nuit.

— Mets tes mains en évidence. Fais bien ce qu'on te dit, ou bien…

Je mettais les mains en l'air, coudes pliés. Je me demandais où le chien avait bien pu passer. Une autre voix sortit de derrière mon dos.

— Qu'est-ce qu'on va faire de ce type ? C'est sûrement un espion ou un flic. Si ça ne tenait qu'à moi, ce serait un aller simple dans le bosquet.

— Non. Nous allons d'abord l'interroger. On l'emmène à l'intérieur, ici on ne peut pas voir sa sale trogne.

Encadré par le groupe survolté, je me mis en route vers la bâtisse. J'avais bien couru. Il restait moins d'une centaine de mètres à parcourir jusqu'à la terrasse. Ma jambe était raide et m'élançait furieusement.

Je tentais une prise de contact, malgré mon état de choc :

— Je… je suis avocat et…

— Ferme ta gueule, connard ! Tu n'as pas l'autorisation de l'ouvrir. Tu parleras quand on te sonnera.

Des convives, rameutés par toute cette agitation, s'étaient agglutinés sur la terrasse. Une voix d'homme se fit entendre de la terrasse.

— Qu'est-ce qui se passe ? Qui est cette personne ?

— On n'en sait rien ! On va l'interroger.

— Faites-le rentrer par la porte de service. Je vous rejoins.

Nous fîmes un crochet vers le côté de la maison et après deux ou trois minutes de serrage de dents, à cause de ma patte folle, nous arrivâmes devant la fameuse porte. Un homme en livrée nous avait devancés pour l'ouvrir. La lumière, malgré son côté feutré et tamisé, m'aveugla un court instant. Je pouvais enfin voir mes « gardiens ». Des hommes de tous âges en tenue de ville. Tous portaient un revolver ou un pistolet au poing, comme j'avais pu le deviner précédemment. Aux vues de leurs expressions, un coup de feu pouvait partir à tout instant. Eux aussi découvraient mon visage. L'homme en tenue de service, plateau sous le bras, sortit un trousseau de sa poche de pantalon.

— Nous allons descendre au sous-sol, ce sera plus discret.

Je n'avais aucune envie de découvrir les caves de Los Moros.

— C'est parfait. Ne vous inquiétez pas, nous limiterons le bruit… Mais d'abord nous allons le fouiller.

On me délesta sans ménagements de ma veste et de la gourde que je portais toujours en bandoulière. Un des hommes récupéra mon portefeuille et entreprit de le fouiller consciencieusement. Il tomba vite sur des documents arborant mon identité.

— Alors comme ça il s'appellerait Falco Martinez. C'est ton vrai nom ? D'où viens-tu, connard ? Réponds !

— Attendez ! Faisons-le descendre d'abord. Je refuse d'ennuyer la Comtesse avec des excès de voix. Ce couloir n'est pas l'endroit indiqué pour ce genre d'interrogatoire.

— Bien, descendons-le à la cave.

J'osais à nouveau faire une tentative, un peu plus affirmée cette fois :

— Je me nomme Falco Martinez, avocat au barreau de Madrid, au sein du cabinet Ortega. Je suis aussi l'avocat de Juan-Carloz Ortiz y Pulido ! C'est un scandale !

— Ta gueule ! Et descends.

□

L'homme en livrée blanche nous guida à travers un petit corridor et ouvrit une porte sans prétention. Je fus poussé dans un escalier de briques mal éclairé. J'étais encadré à l'avant et à l'arrière. Un des hommes me pressait les reins avec le canon de son arme. J'espérais de tout cœur qu'il n'avait pas le doigt sur la queue de détente. Un glissement de sa part sur une des marches et j'y passais.

— Avance, sale enfoiré…

Une fois en bas je pus distinguer des caisses de vins entassées le long des parois de pierres brutes. Quelqu'un tira une vieille chaise de bois qui traînait et m'y fit asseoir vigoureusement. Les armes, que tous tenaient encore dans des poings crispés, ne m'incitaient guère à bouger.

— Va prévenir les chefs, là-haut. Le gars qu'on a serré est à la cave. Dis-leur qu'on commence à l'interroger.

Une des brutes fila par l'escalier, quatre à quatre. La lumière basse et emplie de poussière donnait une teinte lugubre à la scène. Je commençais à être vraiment inquiet. Face à ces Torquemada en puissance, j'étais dans la position de l'hérétique. De nouveau on entreprit d'éplucher mes papiers, cette fois on tomba sur mes cartes de visite. Ma jambe continuait à émettre des ondes de douleur.

— Je vois… On se fait passer pour un avocat madrilène alors ? Qu'est-ce qu'un putain d'avocat viendrait foutre ici en pleine nuit ? Bien, Martinez. Je vais être bref. Tu parles ou je te fais parler. Choisis vite et bien.

Ma tête tournait. J'avais envie de vomir et de pisser.

— Parle ! Tu étais seul là-haut ? Tu es une saloperie d'espion rouge ! Si tu me racontes que tu es venu dans les bois pour la beauté du lieu ou les champignons je te défonce la gueule !

Les poings des hommes qui m'entouraient s'étaient serrés à l'évocation de ces dernières paroles. C'était sans compter sur les crosses des flingues. J'étais vraiment en mauvaise posture. Des sourires carnassiers pouvaient se deviner sur certaines faces. Des pensées meurtrières à l'encontre de Jacques Mayeul commençaient à poindre dans ma cervelle endolorie.

Puis, de manière inattendue, une image me parvint : Juan-Carlos en cellule dans la caserne de police. Peut-être parce que moi aussi je me retrouvais à la merci d'autrui dans des souterrains peu réjouissants. Le mot de passe qu'il m'avait suggéré d'employer en cas de danger… Il jaillit de ma gorge alors qu'un boulet de chairs et de phalanges allait s'écraser quelque part entre mon menton et mon front.

— *Covadonga ! Covadonga !*

La peur m'avait fait légèrement crier. Mais l'effet recherché était atteint. Le ressort de son bras s'était immédiatement distendu.

— Comment connais-tu ça ?

— Je ne vous ai pas menti. Je me répète. Je suis maître Falco

Martinez, avocat au barreau de Madrid, et je suis chargé de la défense de Juan-Carlos Ortiz y Pulido. Mon client est un jeune phalangiste que l'on accuse d'avoir abattu le lieutenant Castillo.

— Oui, c'est bon, on connaît la chanson… Comment connais-tu ce mot de passe ?

— C'est Juan-Carlos Ortiz qui me l'a donné. J'ignore néanmoins de quoi il s'agit exactement. Je sais juste que je dois voir sa cousine, la Comtesse de Pedraja. J'ai un message urgent à lui délivrer, en personne.

Je mentais vertement. Il fallait absolument que je couvre Mayeul.

Le chef de la meute était totalement perdu. Son visage se décomposait à mesure que sa cervelle enregistrait les informations que je lui transmettais. Je reprenais espoir. Il approcha son visage d'un des acolytes et lui siffla un murmure à l'oreille. Le type fonça comme le précédent dans l'escalier mal éclairé. Après quatre à cinq minutes d'une attente interminable, où la fumée des cigarettes des énergumènes me caressait doucement les narines, plusieurs jambes apparurent dans les marches. Puis un visage, tout sourire pincé. C'était celui de Ramiro Ledesma Ramos. Il portait un costume gris.

— Maître Martinez ! Mais que fichez-vous ici ? On vient de me signaler votre présence. J'ai immédiatement accouru !

J'étais tout aussi surpris que lui. Malgré ma blessure et mon état émotionnel je tâchais de garder bonne contenance.

—, Mais levez-vous donc ! Avez-vous expliqué à ces hommes qui vous êtes ? Ils pensaient que vous étiez un espion…

— Je ne peux guère les blâmer. J'ai fait une entrée remarquée.

— C'est le moins que l'on puisse dire… Vous êtes blessé ?

— Ma jambe, oui.

La petite bande avait remisé l'artillerie dans les vestons, visiblement déçue d'avoir raté une joyeuse bastonnade. Décidément, le cours des événements pouvait basculer à une vitesse surprenante. Je parvins à me mettre debout malgré un équilibre précaire et une tête fiévreuse.

— Accoudez-vous à moi. Venez, nous allons vous sortir de ce trou.

17

— C'est une éraflure, le chien a surtout mordu la toile. Mais on peut voir la marque des crocs. Pas besoin de suturer. Janus a dû prendre ça pour un jeu et n'a pas serré de toutes ses forces. Dans ce cas vous auriez pu dire adieu à votre jambe !

Le majordome me nettoyait la plaie à l'alcool fort. J'étais ravi d'apprendre que le monstre qui m'avait esquinté s'appelait Janus, cela me fit même desserrer les dents l'espace d'un instant. Nous étions dans la cuisine de la demeure. On m'avait assis sur un tabouret. L'éclairage blanc et hygiénique tranchait avec la poussière terne et molle de la cave. Ledesma Ramos m'avait apporté un verre de brandy que je sirotais doucement.

— Nous sommes vraiment confus. J'espère que vous nous pardonnerez. Vous disiez que vous vouliez voir la Comtesse ?

Je sortais peu à peu de ma torpeur. Mes idées s'emboîtaient mieux.

— Oui, en effet. Son cousin m'a demandé de la voir. Je comptais lui parler en toute discrétion, mais j'ai été surpris par cette… fête.

Mieux valait poursuivre avec cet alibi. Rien de pire que de se perdre dans des élucubrations et des retournements obscurs. Ledesma Ramos ne put s'empêcher de rire.

— Quelle drôle de fête, n'est-ce pas ? Et vous ne vouliez pas passer par l'entrée, par discrétion ! Sacré Martinez ! Un vrai gentleman !

— En effet…

Il me donna une grande tape sur l'épaule. La vibration réveilla la douleur dans mon mollet. Je serrais les dents.

— La réputation de la Comtesse vous pousserait-elle à commettre quelques folies ? Mmmh ?

— Je ne vois pas de quoi vous voulez parler.

— Ne faites pas l'innocent. De toute façon vous le découvrirez dans quelques minutes.

Le domestique avait fini son œuvre sur ma jambe. Le pansement me serrait. On me fit apporter une tenue propre à ma taille que je pus passer dans un office attenant. Je boitais franchement, mais je pouvais marcher. Ledesma Ramos m'attendit avant de me conduire dans un des salons de la demeure. Au passage on me rendit mes papiers.

— Après vos exploits, tout le monde va être curieux de vous rencontrer.

□

La scène correspondait à ce que j'avais pu observer de l'extérieur, il y avait de cela trois quarts d'heure. J'espérais que Mayeul avait déguerpi et ne tenterait rien. De grandes portes-fenêtres s'ouvraient sur la terrasse. Les lourds drapés qui les encadraient bougeaient doucement avec l'air frais du soir. Un gramophone posé dans un coin diffusait une musique d'ambiance aux accents hispaniques. Un extravagant lustre, certainement en cristal, rayonnait sur une bonne partie du plafond de la salle. L'ébène et le pourpre régnaient en maîtres. Les simples tenues de ville des convives tranchaient avec ce décor presque palatial. Personne ne portait de smoking ou de tenue de dîner. Les quelques femmes présentes semblaient néanmoins avoir fait quelques efforts de présentation.

Je fis sensation. Tout le monde me dévisageait avec insistance, cherchant à percevoir sur mon visage je ne sais quelle expression. Certains avaient l'œil sévère, d'autres plus étonnés. Une des femmes qui se trouvait dans la salle se mit en mouvement vers moi, coupe de champagne en main. Je sus immédiatement de qui il s'agissait.

La Comtesse de Pedraja.

Elle souriait. Jeunesse et beauté de glace. Une beauté trop pure. Ses épais cheveux noirs étaient tirés en un ample chignon. Le front était haut, les sourcils nets, la bouche dessinée et sensuelle. La robe de soirée bleu roi laissait deviner des proportions harmonieuses. Deux éléments me troublaient particulièrement, en plus de la beauté des cheveux. C'était le teint de la peau, très pâle et constellé de taches de son, et surtout le regard.

Un regard inouï. Gris métallique et intense.

L'ensemble donnait à sa personne une profonde aura de mystère.

Arrivée à deux pas de moi, elle me tendit la coupe de sa main fine.

— Vous nous avez impressionnés avec vos performances sportives, maître Martinez. Soyez le bienvenu parmi nous, j'espère que vous n'êtes pas trop déçu par cet accueil… viril ?

Le ton paraissait amusé, presque enjoué. Ramiro Ledesma Ramos, à mes côtés, ne put s'empêcher de pouffer. Pour toute réponse je sentis un ridicule rictus me fendre le visage. Puis elle se tourna vers l'assemblée.

— Bien, après cette introduction, je propose que nous passions à des choses plus sérieuses. Colonel Almonzo, je vous en prie.

Quelqu'un coupa le gramophone et un petit homme rondouillard portant moustaches frisées et costume gris s'avança vers le centre. Un cercle se constitua autour de lui. Pour ma part je me rangeais dans un coin. L'assemblée avait revêtu le masque de la gravité.

— Comtesse, mesdames, messieurs. Beaucoup ici savent ce qui se prépare pour les prochains jours. D'autres non. C'est surtout à ces derniers que je souhaite m'adresser. Je viens vous apporter une grande nouvelle. Une nouvelle qu'il faudra garder pour vous. Dans peu de temps, un mouvement national porté par l'armée va se lever pour chasser les rouges du pouvoir et prendre en main les destinées de l'Espagne. Notre Espagne. Nous n'avons pas d'autre issue. Nous devons réagir avant eux, ou bien tout cela se terminera dans un immense charnier, comme en Russie. Cela fait trop longtemps que nous laissons courir. Cela fait trop longtemps que nous laissons ce régime fantoche à la botte de Staline ou de Trotsky nous mener au carnage. Sachez que le nom de code de cette opération audacieuse est *Covadonga* ! Nous chasserons les despotes à la pointe de nos baïonnettes ! Nombre d'officiers et de généraux, dont le général Fanjul ici présent, prendront part à ce soulèvement et je crois savoir que la Phalange se joindra à nous. *¡ Arriba España !*

Tout s'éclairait pour moi. Juan-Carlos m'avait mis dans la confidence à mon insu. Le coup dont m'avait parlé Mayeul était imminent. Le Français avait vu juste. S'il avait été avec moi, il aurait tenu le scoop de sa carrière. J'étais au cœur d'une réunion de préparation lié à un coup d'État contre la Seconde République espagnole. Ma pensée fut néanmoins obscurcie lorsque j'imaginais le sort qui nous aurait été réservé si nous avions été pris ensemble.

De grands applaudissements et des cris d'approbation suivirent cette tirade. Le colonel bedonnant jura à nouveau sa foi en l'Espagne éternelle et alla se servir un verre, comme éreinté par sa verve. Quelques bras s'étaient rués vers le ciel, dans un style fasciste, comme pour jurer fidélité.

Puis le général Fanjul prit la parole, plus sobre. Lui aussi, à l'image de l'auditoire, était vêtu en civil. Je connaissais cet officier, il avait été secrétaire du ministère de la guerre jusqu'à l'arrivée au pouvoir du Front populaire, en février 1936.

— Messieurs, pour des raisons évidentes de sécurité je ne citerai pas les noms des chefs du soulèvement ni la date précise. Sachez que pour ma part je serai le chef des opérations sur le secteur de Madrid. La tâche sera ardue. Nous aurons beaucoup d'ennemis, et il faudra jouer serré. Mais je crois en la victoire ! Unis, nous serons plus forts que dispersés à travers la ville, dans nos garnisons respectives. Ainsi, lorsque cela commencera, je vous demanderai de vous joindre à moi avec vos hommes et vos armes. Je serai à la caserne de la Montaña. De là, nous coordonnerons nos opérations et marcherons sur les points névralgiques de la ville pour en prendre le contrôle. Quoiqu'il arrive, nous devrons rester unis, pour le plus grand intérêt de l'Espagne.

En guise de conclusion il claqua des talons, remercia la Comtesse, et alla se ranger dans le cercle.

Puis ce fut au tour de Ramiro Ledesma Ramos. Lui se lança dans une diatribe exaltée. Regard déterminé et mouvements fermes.

— Camarades ! Amis ! Nous allons jouer un rôle historique, dans quelques jours nous chasserons les rouges du pouvoir et instaurerons un authentique régime national et social. Notre devoir est immense, un devoir sacré. Préparons-nous ! Préparons-nous à sauver notre grande et glorieuse Espagne ! Préparons-nous à pendre ces traîtres ! Pas de quartier ! Le monde entier aura bientôt les yeux rivés sur nous. C'est ici que nous allons sceller la tombe du marxisme, cette idéologie funeste !

Un tonnerre d'applaudissements vint clôturer son propos. Ce fut la dernière allocution. Le message semblait avoir été clairement perçu. Avant la dispersion des convives, la Comtesse fit porter un toast au succès de l'entreprise. Beaucoup l'observaient d'un œil admiratif. Enfin le cercle se brisa et de petits groupes se formèrent, enveloppés de fumée de cigarette, afin de discuter de quelques détails. Certains convives prirent congé, qui le visage anxieux, qui les traits illuminés.

□

L'homme qui m'avait interrogé dans les caves s'approcha de moi et me présenta de plates excuses. Je le rassurais en quelques mots, même si intérieurement je le maudissais. Il se présenta comme étant le capitaine d'artillerie Guzmán.

— Venez, je vais vous présenter.

Tant de civilités me surprirent chez cet homme. Moins d'une heure auparavant, il était sur le point de me démolir la mâchoire. Il me guida vers deux hommes silencieux. Un court sur patte sans cou, le crâne luisant. Et un grand blond au regard humide. Je devinais des étrangers, certainement du nord de l'Europe. Le petit, tout en muscles et rondeurs, arborait une terrible balafre violacée qui lui barrait la joue, jusqu'à l'oreille. La marque des fameux duels au sabre propres au monde estudiantin germanique. Le capitaine Guzmán me présenta avec beaucoup de déférence. Ainsi je me retrouvai propulsé au rang de ténor du barreau. Puis il introduisit les deux personnages.

— Maître Martinez, je vous présente deux éminents hommes d'affaires allemands. Le docteur Kleinberg (le grand inclina raidement sa tignasse blonde) et monsieur von Augenbeck (son allure redoutable était atténuée par un sourire bonhomme qui sembla effacer un peu sa vilaine cicatrice. Il était plus dans l'esprit bière et culotte de peau). Ils œuvrent en Espagne au profit de la compagnie aérienne Lufthansa. Mais vous comprendrez que leur domaine de compétence ne se limite pas à la prospection de marchés…

Le petit balafré éleva la voix, son espagnol était excellent, malgré un accent très prononcé.

— Vous ne pouvez pas imaginer tout ce que l'on peut faire grâce à une compagnie aérienne ouverte à l'international !

— Vous allez nous emmener des masses de touristes allemands !

— Vous ne croyez pas si bien dire… Mais les premiers touristes risquent d'être un genre un peu spécial. Quelque peu martial dirons-nous. Il est évident que notre Führer est extrêmement sensible à la cause nationale espagnole. Un partenariat entre nos deux États pourrait être un avantage notable en cas de nouvelle conflagration en Europe. Imaginez une petite minute si les Britanniques perdaient Gibraltar… Ce serait la fin de leur empire colonial ! Et je ne traite là que d'éléments

121

politiques. Il est aussi évident que le mouvement national espagnol et le mouvement national-socialiste partagent beaucoup.

— Et avec les fascistes italiens, ne les oublions pas !

— C'est vrai, eux aussi disposent de très bons avions... Impressionnant tous ces touristes qui vont rejoindre vos côtes cet été ! L'aide à votre soulèvement va affluer de toutes parts. En fait cela a déjà commencé. Des cargaisons d'armes ont déjà été livrées aux carlistes, dans le nord du pays, et à la Phalange. Mais pour l'instant c'est surtout du léger. Du plus sérieux attend sur les quais, à Hambourg ou à La Spezia.

— N'oubliez pas que vous vous adressez à un capitaine d'artillerie de l'armée espagnole ! Je vais devoir vous dénoncer ! Ah ah !

J'écoutais leur conversation distraitement. C'était surtout ma jambe qui me préoccupait. Kleinberg, le grand aux allures de viking froid, se tourna vers moi.

— Et vous, monsieur ? Nous n'avons pas bien compris tout à l'heure. Vous avez été poursuivi par un chien, c'est bien cela ?

Son accent était moins épais, son castillan plus fluide.

— Je... je suis l'avocat d'un proche de la Comtesse de Pedraja. J'avais un message à transmettre à cette dernière, mais le chien, Janus si je ne m'abuse, a été plus rapide que moi. J'ai eu de la chance.

— Cela est fâcheux.

— D'avoir eu de la chance ?

— Non, d'avoir été attaqué par un molosse en pleine nuit.

Cet homme possédait quelque chose de terriblement glacial et d'inquiétant. Il était raide, stoïque. Son regard aquatique et étroit me lorgnait sans ciller. Devinant mon embarras il se décida à poursuivre.

— Et dites-moi, que pensez-vous de l'Allemagne et du national-socialisme ?

J'étais quelque peu coincé, n'ayant guère d'avis sur la question. Je tentais une réponse qui conviendrait dans toutes les circonstances.

— Je pense que le chancelier Hitler est un grand homme d'État.

Il sembla mettre un point d'honneur à réorienter mon propos. Il était évident que l'homme provenait de milieux universitaires. Son ton ne trompait guère.

— Il est bien plus qu'un homme d'État. Il est notre Führer, notre guide. Plus que conduire l'État et la nation, il les a refondés. Une nouvelle Allemagne, débarrassée des luttes de classes, des intérêts économiques, des corporatismes et des pressions étrangères. C'est le peuple, le *Volk* qui commande aujourd'hui en Allemagne. Le Führer est une émanation du *Volk*. Voyez, à compter du 1er août, dans quelques jours donc, se tiendront à Berlin les Jeux olympiques d'été. Le monde entier pourra constater la tenue de notre pays, loin des clichés colportés par la propagande juive.

— *Volk* ? Je ne comprends guère l'allemand…

— Le *Volk*, c'est le peuple, dans sa substance. Mais ce mot porte surtout l'idée de communauté de sang, d'unité de destin.

— Vous voulez parler de la race ?

— Oui, mais pas seulement. Race et *Volk* sont apparentés, mais pas similaires. C'est une notion difficile à traduire dans une autre langue. *Volk* mêle biologie et culture. Il intègre ce que l'on pourrait appeler « âme collective ». Et encore, c'est trop imprécis.

— La langue allemande est décidément trop complexe pour moi…

J'essayais de mettre une pointe d'ironie, ce afin de l'aider à cesser ses assommantes explications. Mais cela ne fonctionna pas. Il était lancé.

— Au fond le national-socialisme n'a rien inventé. Cette idéologie *völkish*, qui n'est que la conscientisation et l'affirmation de faits plus anciens, a plus de cent ans. Le national-socialisme, bien qu'ayant un corpus idéologique propre, n'est qu'une émanation de cette mouvance plus large.

Le petit à face ronde coupa son comparse en espagnol, par politesse. Sa balafre vibrait en même temps que ses lèvres.

— Mon cher Kleinberg, tu ne crois pas que tu ennuies nos amis avec tes considérations d'intellectuel.

Le docteur fut offusqué.

— Il faut bien leur expliquer la nature de notre mouvement ! Ne serait-ce que pour comparer… Et je déteste être appelé « intellectuel ». Marx ou Rousseau étaient des intellectuels, mais pas nous ! Notre révolution est conservatrice, dans une large mesure. On ne peut la comparer aux révolutions progressistes, comme celles ayant eu lieu en France ou en Russie. Révolution ne signifie pas nécessairement sens de l'histoire. Le terme révolution peut signifier retour sur soi, inversion. Il s'agit en réalité d'une notion circulaire et non linéaire. La révolution allemande est conservatrice au sens où elle cherche à retrouver, dans une certaine mesure, l'état antérieur des choses. Un état prémoderne. Cette nature de la révolution est profondément allemande, inscrite dans le *Volk*. Nous avons du mal à nous exporter dans ce domaine…

Cette fois ma curiosité était piquée.

— Et quel est cet état antérieur que vous voudriez retrouver ?

— Ne passons pas par quatre chemins. C'est l'antiquité archaïque, présocratique et préchrétienne, que nous voulons retrouver. Il faut impérativement nous débarrasser des poisons exogènes que sont les morales judéo-chrétiennes et platoniciennes. Être *völkish*, pour nous, c'est revenir plus de 2500 ans en arrière, les sous-marins et les aéroplanes en plus.

Cette réponse était surprenante et profondément radicale. Le visage du capitaine Guzmán s'était décomposé. Lui, l'officier de tradition, n'avait probablement jamais perçu l'Allemagne du Führer sous cet aspect. Ce regard perdu m'amusait et je décidais de poursuivre l'enfoncement de porte. Ma douleur à la jambe avait disparu.

— Si je comprends bien vous remettez en cause l'existence de Dieu… Au travers de l'antiquité, vous faites référence à une forme de religiosité païenne.

— C'est exact. Et notre symbole, le svastika, est plutôt explicite… Tout est clair pour celui qui sait voir. La question de la spiritualité humaine est complexe à appréhender. Non pas en raison de son caractère sacré, mais plutôt en raison du besoin incompréhensible de métaphysique qu'ont les hommes. D'où provient ce besoin profond de spiritualité ? De notre capacité à pouvoir appréhender notre mort, ou sinon d'une construction cérébrale spécifique ? Nous l'ignorons. Une société sans mythes et de toute manière inenvisageable. Elle ne saurait exister. Notre projet consiste à instaurer, ou plutôt remettre au goût du jour, au profit des Allemands, un système spirituel positif et conforme à notre héritage biologique. La grande religion du sol et du sang...

— Pourquoi un tel rejet du Dieu chrétien ? Nous vivons avec lui depuis des siècles. Il façonne chacun de nous depuis notre naissance. Chaque village à son clocher, son cimetière truffé de croix... N'y voyez aucune offense, mais je perçois votre projet comme utopique, irréaliste... Tout comme le projet communiste d'ailleurs. Que vous vouliez ou non, Dieu est devenu un incontournable.

J'ignorais si j'étais bien placé pour parler ainsi. Le docteur Kleinberg conservait son maintien rigide. Il voulait visiblement poursuivre le débat.

— Le concept d'une divinité unique, universelle et absolue révèle beaucoup sur la monstruosité de l'esprit humain. Ce postulat débouche sur d'autres, tous plus farfelus et morbides les uns que les autres. Des hommes créés par la volonté de Dieu et tous dotés d'âmes individuelles et immortelles introduisent la notion d'égalité. Une égalité au-delà des différences biologiques, culturelles ou sociales. L'Homme devient ainsi une créature à part, non soumise aux mêmes rythmes et règles que les autres espèces. Les anciennes civilisations, elles, ne se percevaient pas nécessairement comme supérieures et ne percevaient leur égalité qu'avec leurs égaux. C'est à dire avec les membres de leur clan, leurs miroirs. L'existence d'un Dieu omniscient, omnipotent et omniprésent instaure de plus une véritable dictature sur les esprits. Nous voulons faire disparaître le Dieu étranger né dans les sables du désert. Ce Dieu sémitique, oriental et jaloux. Ce Dieu juif.

— Je vois. Mais pourquoi voulez-vous donc aider des Espagnols réactionnaires et catholiques ?

— Vous confondez la fin et les moyens. Nous sommes des réalistes.

Nous préférons de loin une Espagne catholique et nationale plutôt qu'un repaire de bolcheviques à la botte de Staline qui menacerait toute l'Europe occidentale. Le marxisme n'est que le prolongement déspiritualisé du paradigme judéo-chrétien. Même volonté égalitariste. Même universalisme…

Guzmán était hors circuit. De toute évidence il ne comprenait guère le lien entre communisme et christianisme. Son regard révélait son désir de fuir et de se joindre à un autre groupe. Sa politesse le retenait. Von Augebeck écoutait distraitement, sourire en coin. Sa coupe de champagne et le dos nu d'une belle femme au fond de la salle paraissait avoir sur lui un pouvoir d'attraction plus fort que les propos de son comparse.

C'est alors qu'une voix féminine se fit entendre à mon oreille.

— J'espère que les propos révoltés de nos amis allemands ne vous effraient pas, maître Falco Martinez.

Je me retournais doucement, une enclume dans l'estomac. La jeune Comtesse se tenait là, tout près de mon épaule. Je compris qu'elle avait perçu une bonne partie de la discussion. Elle s'adressa à notre petit cercle.

— Messieurs, voyez-vous un inconvénient à ce que je vous prive de la présence de notre avocat ?

Von Augenbeck leva sa coupe.

— Comtesse, je vous en prie.

Les autres acquiescèrent, l'œil brillant. Elle semblait susciter chez eux une admiration sans bornes. C'est ainsi que je pris congé des deux inquiétants Allemands et de l'enthousiaste capitaine Guzmán.

18

Je la suivis en silence, sans trop me poser de questions. Nous quittâmes le salon par une porte à doubles battants pour traverser une enfilade de pièces plus simples, inoccupées. Je boitais légèrement.

Derrière elle, je remarquais que sa robe laissait paraître largement ses épaules. Un ravissement. Le contraste entre l'étoffe bleu roi et la peau d'ivoire était saisissant. Sa crinière, épaisse et impeccablement peignée, exhalait un subtil parfum de fleurs fraîches. Savant mélange des sens. Cette femme exerçait sur moi une emprise charnelle, physique. Presque animale. Une emprise à laquelle je ne pouvais, ni ne voulais, me soustraire.

Après une dernière salle, elle s'arrêta dans une pièce d'étude emplie de livres. Partout, des bibliothèques, des rayonnages chargés de volumes reliés de cuirs rouges ou bruns. Droite, sans se retourner, elle posa une main sur un des établis.

— J'ai cru comprendre que vous étiez porteur d'un message pour moi. Un message de mon cousin Juan-Carlos. Est-ce vrai ?

Heureusement, elle ne pouvait percevoir l'embarras qui devait régner sur mon visage.

— Je… je ne porte aucun message.

Une seconde passa. Aucun changement de posture de sa part.

— Pourquoi êtes-vous ici ?

Il n'y avait pas d'animosité dans sa voix. Je me sentais envoûté, magnétisé.

— Le chien m'a surpris alors que j'observais votre demeure depuis la forêt. Je n'étais pas seul. Cette personne que j'accompagnais m'a forcé la main pour venir ici. De plus votre cousin m'a parlé de vous en termes élogieux et cela a piqué ma curiosité maladive. Et me voilà donc devant vous.

Je ne percevais pas la nécessité de prononcer des excuses. Je sentais que j'étais à ma place, que je devais être là. Ma douleur au mollet avait disparu. À présent elle se déplaçait, lente, féline.

— Vous avez fait sensation ce soir. Vous m'avez paru fort élégant lorsque vous courriez seul dans la nuit, poursuivi par Janus.

Il y avait une pointe d'ironie dans son propos. Mon sexe se raidissait. Je ne maîtrisais rien. Une tension s'installait dans ma poitrine et dans mon ventre.

— On… on ne m'avait jamais fait ce genre de compliments sur mes techniques de course.

— Non ?

— Non.

— Qu'êtes-vous venu chercher ici au galop ?

— Je l'ignore. Je cherche surtout à défendre votre cousin.

— Je sais. Juan-Carlos et moi sommes très proches. Trop proches peut-être…

Elle se tourna enfin vers moi, l'œil vibrant. Mon érection m'empêchait de penser clair.

— Juan-Carlos et moi sommes cousins, mais aussi amants.

Elle se dirigea vers une des bibliothèques et caressa doucement la tranche des livres. Sa déclaration ne me surprenait guère. J'avais cru percevoir la chose à travers les propos flous de mon jeune client. Je m'efforçais de concentrer mes ressources pour réfléchir.

— Cela ne me choque pas. Je souhaiterais néanmoins comprendre plus en détail le lien qui vous unit. D'après mes conclusions la situation présente de votre... cousin serait directement liée à votre relation.

J'avais brièvement hésité entre les termes « amant » et « cousin ». Son regard aux reflets acérés me transperçait.

— J'ai exigé de lui une preuve d'amour. Une preuve d'amour inconditionnelle.

— Oui ?

— Je lui ai demandé de verser le sang d'un homme pour moi. Je lui ai demandé de tuer.

Elle ne cillait pas.

Pour ma part j'étais atterré. Ainsi Paula de Pedraja, cette femme exquise, avait-elle prononcé une sentence de mort. Et elle persistait manifestement dans cette voie en apportant son concours à des préparatifs de soulèvement militaire.

Elle me jeta un rictus carnassier, presque sauvage.

— Si seulement tu pouvais voir ta tête, Falco Martinez, tu aurais peur de ton reflet. Je n'ai aucune justification à te donner. Juan et moi ne partageons pas la morale commune. Nous vivons hors des conventions. Nous aimons et chérissons la mort. Cesse donc ton numéro d'indignation bourgeoise et approche-toi.

Le ton qu'elle avait pris... Mes sens n'en pouvaient plus. Je m'approchais timidement.

— Encore. Plus proche.

131

J'étais si près que je percevais son haleine contre mon visage. Mon sexe tendu me faisait mal.

— Falco, je veux que tu aides mon cousin à s'en sortir. Le feras-tu, même si cela semble perdu ?

Mes yeux s'étaient clos. Contact humide contre mes lèvres. Elle m'embrassait et se lovait contre moi. Frôlement suave, sa robe tombait. Sa main se perdait au niveau de mon entrejambe. Dans nos mouvements passionnés, nous nous effondrions sur un fauteuil voisin. Mon phallus était sorti.

Bonheur, douleur, conscience et oubli, tout se mêlait dans un maelström confus. Coup de reins instinctif, je rentrais en elle. Elle miaulait sous moi. Plus vite, plus fort. La tension montait. La sueur perlait.

J'ouvrais les yeux. Elle me défigurait insolemment. Il lui en fallait visiblement plus. Encore plus fort, je devais la dompter, la faire abdiquer. La vague montait en moi.

Enfin j'explosais dans un râle éperdu. Instant suprême, le cœur s'emballait follement dans mes oreilles.

Ma tête tournait. Esprit en apesanteur. Sueur et calme. Je me laissais tomber entre deux ravissantes pommes couronnées de tétons roses. Frissons.

Elle rejeta ma main lorsque j'essayais de lui caresser la joue.

— Bien mon Falco. Très bien. Mais il faudra faire mieux…

Elle se leva dans un geste brusque, me rejetant sur le côté. Cela me fit sursauter.

— Tu dois rejoindre tes invités ?

— Non, ils doivent être partis à présent. Ce n'est pas grave. Viens avec moi.

Entièrement nue, laissant là nos vêtements, elle nous fit monter à l'étage par un petit escalier de service plongé dans une demi-pénombre.

Puis elle me fit une place dans son lit. Elle ondulait, plus bestiale que précédemment, me faisant découvrir des dimensions inexplorées jusqu'alors. Elle gémissait de plaisir, sans reprendre son souffle, me griffant le dos et le thorax.

— Jure-moi que tu sauveras Juan ! Jure !

Je criais aussi.

— Je jure ! Je jure !

Puis je la remplis de ma force et de ma jeunesse. Elle était devenue vampire.

19.

La lumière de l'est inondait la chambre, agressive. Les rideaux n'avaient pas été tirés la veille au soir. Je lézardais dans le grand lit, flottant entre deux eaux. Je tâtais les draps refroidis. J'étais seul. Ne restait qu'une vague odeur de parfum et d'amour. Paupières rouillées et jambe endolorie par le coup de crocs. Je finis par m'asseoir sur le bord du lit et tâchais de me remémorer les événements de la veille. Mayeul et son engin de malheur. Le chien et ma blessure. La cave poussiéreuse. L'annonce du coup d'État. Les agents commerciaux allemands. Les bras de Paula, le creux de ses reins. Ses cheveux.

Je remarquais mes vêtements pliés soigneusement sur une chaise, propres et secs. Quelqu'un les avait montés ici. Cette réflexion me fit rougir. Je me levais et allais jeter un œil. Une enveloppe était également posée là. Je l'ouvrais, une note manuscrite. Pattes de mouches et volutes.

« Cher Falco,

Je suis partie rejoindre mon mari dans les Asturies. Un petit-déjeuner te sera servi aux cuisines et un chauffeur se tient à ta disposition pour te conduire où tu le souhaiteras.

N'oublie pas le serment que j'ai obtenu de toi dans ce lit.

En espérant te retrouver après la victoire pour d'autres aventures.

Paula. »

Cette Comtesse était définitivement étrange. Elle s'offrait à moi, puis filait illico. J'aurais apprécié passer encore quelques heures en sa compagnie. Non pour partager d'autres instants voluptueux, mais pour mieux comprendre les raisons de son chantage amoureux auprès de son cousin. Un chantage sanglant.

Je profitais d'une salle d'eau attenante pour m'accorder une toilette vivifiante. Je retirais mon pansement. Les marques de dents me faisaient légèrement souffrir. Puis après m'être vêtu, je passais au rez-de-chaussée. Tout était silencieux. Rien à voir avec l'ambiance du soir précédent.

Je devinais à l'extérieur que le soleil était déjà haut, le milieu de matinée était passé. Il me fallut me reprendre à deux fois pour trouver le chemin des cuisines à travers les différentes salles.

Là je trouvais une soubrette blasée qui s'échinait à gratter l'intérieur d'un four. Elle ne fit montre d'aucune surprise en me voyant et m'invita à m'asseoir à une lourde table d'office. Elle m'apporta un café au lait, de la brioche fraîche et diverses confitures. J'étais affamé et engloutissais tout ce qui passait à ma portée. Un homme, casquette à la main, vint se présenter à moi. C'était le chauffeur. Il se tenait à ma disposition dès que prêt.

Ces employés étaient-ils accoutumés à ce genre de manège ? En tout cas ils faisaient mine de ne pas être troublés par les frasques de leur maîtresse. Nul doute qu'ils connaissaient parfaitement les raisons de ma présence ici.

À l'évocation d'autres amants, un étrange sentiment me prit. Une forme de jalousie.

Je décidais, après ce petit-déjeuner, de me dégourdir rapidement les jambes à travers le petit parc toasté de soleil. Le mollet tirait un peu.

Quittant rarement l'environnement madrilène je profitais avec délice de la petite marche autour de la maison. Je revoyais de loin le bois où nous étions embusqués, Mayeul et moi. Le chien n'était plus là, pour mon plus grand bonheur. Quelques oiseaux piaffaient. Les pierres commençaient à chauffer. Cette journée promettait d'être une nouvelle et authentique fournaise.

Paula, la Comtesse, était repartie.

□

La descente vers Madrid fut bien plus calme que la montée. Mon chef d'équipage était loin d'être un fou du volant. Il conduisait la grosse berline avec souplesse et assurance malgré l'état lamentable des routes. Assis à l'arrière, je ne parlais pas. Je respirais les rares molécules d'air mises en branle par le vent relatif à travers la fenêtre ouverte. Bien qu'ayant été brossée et remise en ordre par les bons soins du personnel de Los Moros, ma tenue n'était guère reluisante.

Je contemplais le paysage qui s'étalait en pentes douces. Il se confondait avec le ciel, au loin. Pas étonnant que ce pays ait produit tant d'âmes de grands mystiques, des Thérèse d'Avila ou bien des Jean de la Croix. Cet environnement tendait vers l'absolu et l'infini. Roche et soleil, pas de concession. Les prémices de l'Afrique.

Nous arrivions en ville et je demandais à être conduit à mon domicile, je passerais au bureau plus tard. Je devais absolument rendre compte à Luis Ortega. Mais que dire ? Que j'avais pénétré une propriété par effraction ? Que j'avais couché avec l'extravagante cousine d'un client pour obtenir des informations ? Il ne fallait certainement pas présenter les choses de cette manière.

Je passais un billet au chauffeur avant de monter à l'appartement. Il le prit avec une certaine condescendance, comme un homme habitué à fréquenter le monde des puissants. Pour lui je n'étais qu'un petit avocat qui était parvenu à coucher avec sa prestigieuse patronne.

□

Sitôt franchie la porte de mon antre, je prenais le combiné du téléphone et demandais à la standardiste de me câbler sur le bureau de Mayeul, histoire d'au moins le prévenir de ma survie. Et aussi m'assurer de la sienne.

Nous avions joué serré.

— ¿ *Diga* ?

Voix piteuse et pâteuse. Accent au pire. Il n'avait pas dû beaucoup dormir.

— Salut Jacques. Alors ? On laisse les copains derrières ?

— Nom de Dieu ! Espèce d'abruti ! Tu aurais pu me suivre dans l'autre direction. Tu es où en ce moment ?

— Je t'appelle de l'autre monde.

— Merde…

—, Mais non, je suis dans mon salon.

— Je crois bien que tu t'es fait mordre le cul.

138

— En l'occurrence c'est plutôt le mollet. La bestiole n'a pas trop serré. J'arrive à marcher à peu près correctement.

— J'ai pu observer la scène de loin. Tu as galopé comme jamais. Quand ils t'ont attrapé, j'ai imaginé le pire... Tu as pu voir des trucs sympas ? Pour moi tu étais cuit. Je les attends au bureau depuis ce matin pour partager ton funeste sort.

— Tu aurais pu fuir en France. Tu es rentré comment ?

— J'ai rejoint la voiture, tout simplement. C'est peut-être mieux comme ça. Tu n'aurais pas pu supporter un autre trajet en ma compagnie. Alors ?

Tout lui dire ? J'étais stupide. Je ne m'étais pas inquiété de cela dans mon empressement à le contacter. Je choisis de temporiser.

— Tu viens chez moi où on se retrouve au restaurant ? Je dois passer au cabinet après.

Il était 13 heures passé.

— Va pour le restaurant. Dans une heure ?

— Ça ira.

— Parfait.

Il raccrocha.

Je passais une tenue présentable, m'aspergeais d'eau de Cologne et m'installais dans mon canapé, pipe en main. Ne rien faire, seulement profiter du filet d'air qui pénétrait la pièce.

Après cette séance de relaxation, je pris le chemin du restaurant. L'air avait la consistance d'une cotonnade brûlante. J'arrivais trempé à la porte de notre posada de Chueca. Mayeul était déjà là, attablé au fond de la cave. La salle était emplie de brouhaha et de fumée de tabac. C'était l'heure du déjeuner. Un bref coup d'œil me confirma l'absence de mes confrères. Ils devaient être à une autre cantine. Les jeunes serveuses passaient avec empressement, les bras armés de plateaux chargés. Jacques s'était déjà enfilé quelques assiettes de crudités. Je m'asseyais. Il avait sale mine, ses poches sous les yeux étaient impressionnantes. Il lui fallut un petit effort pour initier la conversation.

— Bon, raconte-moi.

Je lui détaillais ma capture, mon interrogatoire dans la cave, mon sauvetage par Ledesma Ramos, comment on m'avait soigné et conduit dans le salon, etc. Il me coupa.

— Qui était là, à part Ledesma ?

Je décidais de mentir. Ce filou était capable d'envoyer un câble dans l'heure à sa rédaction parisienne. Je ne voulais pas voir des projets de coups d'État étalés dans la presse française. Il en allait de ma vie.

— Je ne connaissais personne. Des amis de la Comtesse.

— Tu ne connais rien aux mondanités de ce pays, ou quoi ? Des sujets sulfureux ont été abordés ?

— Pas que je sache.

Il me dévisageait d'un air sombre et las. Je me justifiais.

— Je te le dis, je n'ai pu voir ni entendre d'éléments dignes d'intérêt pour toi !

— Tu veux surtout m'empêcher de travailler. Et justement, ta fichue Comtesse, tu as pu lui parler ?

Il ne fallait pas rougir, rester concentré.

— Oui, nous nous sommes parlé quelques instants. Nous avons essentiellement évoqué le chien…

— Et il y a de quoi ! Tu as vu sa taille ? Si je le recroise avec un flingue, il fera moins le malin. Tu aurais pu courir avec moi au moins…

— J'ai paniqué.

— Je sais, j'étais là figure-toi.

Plat du jour, pour nous deux. Jacques cessa de me mitrailler de questions embarrassantes pour se concentrer sur son assiette. Il devait rejoindre rapidement son bureau. Des dépêches urgentes devaient partir pour sa rédaction avant 16 h. Il devait encore préparer les bordereaux.

— Si seulement j'avais une assistante ! Je travaille seul, et en plus mes compagnons d'aventures ne me sont d'aucune utilité…

Il était visiblement déçu de mon compte-rendu. Nous nous séparions après avoir émergé de la relative fraîcheur de la cave. J'étais repu.

— Falco, je tiens à m'excuser. Je t'ai embarqué dans une sale affaire. Ça aurait pu très mal tourner. Imagine donc si ces gens étaient réellement en train de comploter… Ils t'auraient certainement abattu sur-le-champ ! Bon. Tu sais où me trouver.

— Je suis encore là. Sans rancune ! C'était marrant.

Poignée de main virile. Je pris finalement la direction du cabinet voir Ortega.

20.

Prison Modelo, milieu de matinée, le 16 juillet 1936.

Deux vieux surveillants. L'un sentait la sueur rance. Sa face burinée était barrée d'une grosse moustache. Ils me conduisirent jusqu'à une minuscule salle de parloir miteuse. Des murs nus en moellons grisâtres, une table de bois vermoulu qui méritait bien un ponçage et deux chaises branlantes. Un soupirail grillagé éclairait l'ensemble. On devinait qu'il donnait sur une cour de promenade. L'avantage était que ce lieu confiné conservait une relative fraîcheur. Je posais mon porte-document sur la mauvaise table et m'installais pour attendre. Les surveillants s'étaient retirés, prenant soin de refermer la porte à double tour.

Les sons émoussés que je captais étaient typiques de ce genre de lieux. Cris au loin, chant métallique et sinistre des clés et des verrous, portes claquantes. Des pas dans le couloir. La porte s'ouvrit. Juan-Carlos Ortiz pénétra, visiblement fatigué, mais néanmoins souriant. Il portait une simple chemise sous ses bretelles.

Sa tirade d'introduction fut tonitruante :

— Bienvenu en Suisse don Falco !

Les surveillants refermèrent la salle. Nous étions seuls. Je me levais. Franche poignée.

— Bonjour Juan-Carlos. Comment allez-vous ?

— Et bien comme un assassin qui vient d'atterrir en cabane. Disons que je pourrais être déjà mort. Je vais globalement mieux que lors de

143

notre dernière entrevue.

— Ça se voit. Je m'en réjouis !

Nous nous installâmes face à face. Je poursuivis.

— Avant que nous allions plus avant. Avez-vous des nouvelles de l'extérieur ? Recevez-vous du courrier ?

— J'en sais suffisamment. Je suis au courant pour l'assassinat de Calvo Sotelo. Eh oui, du courrier me parvient. Mes camarades et des proches m'écrivent. Le courrier est néanmoins lu par la direction de l'établissement avant de me parvenir.

— Oui, c'est normal. On peut s'arranger vous et moi pour certaines lettres. Je peux les faire passer sans difficulté. Vous avez des visites ?

— Moi et les autres phalangistes ne pouvons recevoir de visites, si ce n'est celles de nos avocats. L'avantage c'est que nous sommes mis dans les mêmes cellules et que nous avons une cour réservée. La prison permet de tisser des liens.

— Pour l'instant l'affaire n'a toujours pas été transmise à un juge et je n'ai donc pas accès au dossier, mais ça ne saurait tarder. Maître Ortega se démène dans l'ombre pour cette affaire. Nous nous voyons quotidiennement pour évoquer votre situation.

— Oui, « demain » le juge s'en occupera... Tout est « demain » en Espagne. C'est parfois fatigant.

— Une fois un juge désigné cela peut aller très vite. Vous pouvez être jugé dans moins de deux mois.

— Je vois. Il faut donc se tenir prêt.

— Voilà.

Je me raclais la gorge avant de reprendre.

— Je dois vous dire que j'ai fait la rencontre de votre cousine avant-hier, la Comtesse de Pedraja.

Ses yeux s'étaient allumés d'une lumière inquiète, presque enfiévrée.

— Où donc ?

— À proximité de San Lorenzo. Au domaine de Los Moros.

— Bien, inutile de préciser davantage. Je connais parfaitement ce lieu.

Je sentais de la brusquerie dans sa phrase. Une froide colère semblait monter en lui. Je devais néanmoins poursuivre.

— Certains de vos camarades étaient présents aussi, là-bas. Je sais désormais ce qui signifie *Covadonga*. Si cela peut vous rassurer, sachez que c'est pour bientôt. Dans quelques jours tout au plus… Si ça fonctionne, vous serez sûrement libre.

— Oui, mais ce sera très compliqué à Madrid. Ça pourra fonctionner ailleurs, mais vous verrez qu'à Madrid… Si ça rate, nous serons tués dans nos cellules sans procès. Ça leur fera du travail, nous sommes beaucoup de salopards fascistes ici ! Mais merci pour la nouvelle. C'est globalement positif. Que pensez-vous de cette tentative ?

— Je ne suis pas spécialement attaché à la République. Je pense que ce qui se prépare est inévitable.

— Bref, vous ne vous mouillez pas trop... Sinon, dites-moi comment va Paula.

Comme avec Mayeul, s'efforcer de ne pas rougir.

— Elle semblait être en forme, même si elle est très affectée par votre arrestation. C'est une femme plus que ravissante. Elle m'a demandé de faire le maximum pour vous.

— Oui. Méfiez-vous d'elle. Elle a plus d'influence que vous ne le pensez sûrement. Elle a pu… vous expliquer ?

— Oui. Je sais l'essentiel.

Sa colère se transforma en abattement.

— Pour l'instant je n'ai reçu aucune lettre de sa part.

— Vous n'êtes ici que depuis quelques jours. Je vous garantis qu'elle pense à vous. Vous êtes loin d'être abandonné.

— Elle m'a rendu fou…

— C'est possible. Elle aussi est très attachée à vous.

— C'est pour elle que je suis ici…

Je sursautais brutalement sur mon siège bancal. Un cri terrible, strident, avait résonné depuis la coursive. Cela sembla redonner du souffle à Ortiz, qui éclata de rire.

— Rassurez-vous maître. Ce n'est que Ramón qui braille comme un porc. Ça lui prend parfois, comme ça… Un droit commun à moitié fou. Enfin, complètement cinglé plutôt. Au bout de deux jours, on s'y habitue.

— Et on ne l'emmène pas dans un lieu plus adapté ? En effet, il a l'air complètement siphonné.

— N'est-ce pas ?

C'était le genre d'événements qui pouvait vous rendre à la longue complètement neurasthénique.

— Je vous prie de m'excuser, Juan-Carlos, mais comme vous le savez il s'agit de ma première affaire criminelle et je n'ai pas l'habitude de visiter les prisons.

— Et moi donc ! Il faut bien un début à tout.

Il souriait tristement.

Au fond ce jeune homme ne méritait pas d'être là. Ce n'était qu'un romantique, un passionné. Un amoureux fourvoyé de plus. Au fond il me ressemblait, par certains abords.

Pourquoi avait-il tiré ? Qu'elle était la part de politique ou de philosophie là-dedans ? Je songeais aux propos de la Comtesse, et à son corps enflammé. Peut-être avait-il raison ? Peut-être s'agissait-il d'une créature en dehors de l'humanité ?

Depuis la nuit de Los Moros, je ne parvenais à extraire son image de mon esprit. Impossible d'oublier cette femme.

Je me sentais effroyablement seul. Je pouvais à présent mieux comprendre mon client. Si une nuit avait suffi pour m'envoûter, qu'en était-il pour lui ? Face aux injonctions d'une femme aussi « prenante », on ne pouvait se dérober. Obéissance et sacrifice obligatoire. Je devais faire le maximum, si ce n'est l'impossible, pour le sortir de cette mauvaise passe. Telles étaient les consignes.

Je décidais d'écourter l'entrevue. Je n'avais pas grand-chose à apporter à mon client si ce n'est ma présence, mon appui moral. De plus je trouvais la situation particulièrement gênante. Lui ne savait rien concernant ma folle nuit dans le lit de son amante. Mais moi je savais. Si je restais plus longtemps, je prenais le risque de dire des âneries. Si la Fortune était avec lui, la tentative de ses amis félons réussirait et il serait alors libéré triomphalement de sa cellule. Ou alors il serait fusillé, pendu ou autre. Au choix. C'était quitte ou double. Dans ces circonstances je paraissais fort impuissant. Comment l'aider, lui et Paula ? Tout me paraissait brouillé, confus, indéchiffrable.

Sortir d'ici. Inutile de s'observer dans le blanc des yeux durant des heures.

Échange de banalités et de politesses. Il sourit lorsque je passais la porte. Un sourire d'adieu. Les mêmes surveillants m'accompagnèrent jusqu'à la sortie du sordide édifice. Je retrouvais avec soulagement la Calle de la Princesa et son animation relative.

Le soleil. La fournaise. Madrid.

Je me mis en marche d'un pas tranquille en direction de la Plaza de España. Mon esprit était embrumé. Il était resté comme claquemuré dans la prison de pierre. Je fis halte pour profiter de la fraîcheur d'un troquet aux murs recouverts d'azulejos. Je commandais une anisette que j'entrepris de siroter consciencieusement, accoudé au comptoir. Je suçais les glaçons, m'efforçant de faire le vide sous mon crâne. Colossal effort. La Comtesse de Pedraja et son corps souple refusaient de se retirer.

Une sensation désagréable me prit alors. Des picotements caractéristiques grésillaient sur ma nuque et dans le pavillon de mes oreilles.

On m'observait.

Je me tournais doucement, afin de pouvoir jeter un œil fugace dans le fond de la salle tiède. Un homme seul, assis comme moi à une table de marbre. Son visage était dissimulé par un journal largement déployé.

J'absorbais d'un trait le restant de mon verre, réglais et quittais l'endroit à pas modérés.

Les trottoirs étaient parcourus par quelques badauds. J'allais rapidement savoir si on me filait le train. Après une petite centaine de pas en direction de la place je tournais le regard vers l'arrière. Merde. J'étais bien suivi par l'homme au journal. Je reconnaissais son pantalon et ses chaussures. Son chapeau mou masquait ses traits.

Il ne fallait surtout pas quitter les axes fréquentés. Je n'avais guère envie de terminer ma journée criblé de balles dans une ruelle ou une entrée d'immeuble.

Dilemme. Une bouche de métro était toute proche, je pouvais m'y engouffrer et tenter ainsi de le semer. Je pouvais aussi poursuivre calmement vers la Plaza de España et aviser plus loin. Je suais. Mon cœur palpitait à travers mes tempes et malgré l'anisette que je venais d'absorber ma bouche avait une texture poussiéreuse. Puissante envie de fumer. Après quelques secondes d'intense réflexion, je tranchais pour le métro et m'y engouffrais. Sitôt le sommet de mon couvre-chef hors de vue du trottoir je dévalais les marches comme un dératé. Mon esprit paniqué tournait à haut régime. Ma blessure à la jambe se réveillait. Inutile de payer un titre et descendre sur les quais. À moins de tomber sur une rame en partance, je serais nécessairement rattrapé. Je me décidais à zigzaguer à travers quelques coursives afin de remonter en surface, mais de l'autre côté de l'avenue. Au chronomètre, je n'avais pas dû rester plus de deux minutes sous terre.

En émergeant de l'escalier, je jetais un regard circulaire, le long des immeubles. Fiasco. Il était toujours de l'autre côté, calme, cigarette en main. Il patientait tranquillement au niveau de l'entrée de la station, là où j'étais entré un instant plus tôt. Il regardait dans ma direction. Il fit alors un geste inattendu. Il retira le chapeau qui lui barrait le front et mima de loin une petite révérence, tout sourire. Je compris qu'il abandonnait la poursuite.

Je repartais sur les trottoirs de Madrid. Perplexe.

Je ne relâchais pas la pression sur les mollets et poursuivais ma progression à marche forcée.

Que me voulait ce type ? Ami ou ennemi ? Malheureusement impossible à déterminer. Son étrange conduite n'apportait aucun indice.

Comme à chacun de mes moments de désarroi il me fallait un interlocuteur, un conseil. Je n'avais guère envie de trouver Jacques. Cet excité allait encore me conduire dans des affaires impossibles, même s'il paraissait le plus à même de m'éclairer. Don Luis était trop occupé à préparer sa cessation d'activité et Alberto, que je n'avais pas croisé depuis plusieurs jours, était en déplacement à Salamanque. Je ne savais comment joindre Paula directement et ce n'était certainement pas une bonne idée. C'était peut-être elle qui m'avait envoyé un homme de main pour me pister.

L'image d'une personne vint alors me frapper. Maria, la jeune secrétaire que j'appréciais. Saurait-elle comprendre les derniers événements ? Était-elle digne de confiance ? Après un instant de réflexion, je décidais de tenter le coup et d'aller la trouver. Je pris le chemin du cabinet en coupant par Chueca.

□

J'y parvenais enfin, le front ruisselant. J'exhalais une odeur de sueur âcre. Maria était bien là, comme je le pensais, souriante et manifestement heureuse de me revoir. Elle me prépara un café fort, redoutablement sucré. Je devais avoir une très mauvaise mine pour qu'elle me le tourne ainsi.

— On vous voit peu en ce moment. Ce dossier à l'air très prenant.

— En effet. Et il m'arrive une montagne de choses étranges depuis que je suis sur cette affaire.

— Oui ?

Une lueur allumée dans ses yeux amandes me révélait que j'avais piqué sa curiosité.

— Vous voulez me parler, Falco ?

Ce devait être la première fois qu'elle m'appelait par mon prénom.

— Disons que j'ai besoin de faire le point, un récapitulatif. Il m'arrive des choses rocambolesques ! Je rentre chez des gens par effraction. Je fréquente des fascistes. On me suit dans la rue. Je me retrouve dans le lit d'une Comtesse…

Je laissais traîner volontairement cette dernière phrase et attendit une réaction quelconque. Mais mon énumération la laissa de marbre, ce qui me déstabilisa encore davantage.

— Maître Martinez, je ne doute pas de vos capacités. Je sais que vous sortirez de tout ça avec brio. Vous manquez simplement d'un peu d'assurance. C'est bien normal, c'est la première fois que vous œuvrez sur un dossier criminel de cette ampleur.

Maria possédait cette subtilité caractéristique propre à la féminité. Elle savait manier harmonieusement ses tendances maternelles et son côté enfantin. Elle n'avait rien de comparable avec la Comtesse. Cette dernière avait un côté excessif, baroque. Maria, elle, était tout en simplicité. Tout en équilibre. Finalement, après avoir fermé la porte de son bureau, elle m'écouta. Nous nous étions installés de part et d'autre de son petit bureau. Durant une bonne heure, je lui racontais tout, dans le détail, même les faits concernant le coup d'État à venir. Son masque ne se desserra pas, mais son attention était entière.

— Faites très attention à vous. Je ne veux pas vous perdre.

□

Après m'être épanché sur l'épaule de ma secrétaire, je rentrais directement à mon appartement de Salamanca sans chercher à croiser mes collègues dans les bureaux et les coursives du cabinet. Sur le chemin, que je faisais à pied, je me retournais régulièrement sur les ombres du soir. Furtifs regards dans mon sillage. On ne me suivait pas.

23.

17 juillet 1936

Je me réveillais en sueur, très tôt. Café, tabac, eau fraîche. J'arrivais le premier. Je m'enfermais dans mon bureau et mettais en marche le poste radio. Je ne parvenais pas à me concentrer suffisamment pour travailler mes documents. Je fumais rageusement pipe sur pipe, dans l'angoisse d'entendre des événements graves aux actualités. Le coup ne devait commencer que le lendemain, mais des rumeurs trop marquées auraient pu éventer le projet.

Des pas caractéristiques se firent entendre dans le couloir. Ce n'était pas Maria. On tapa à la porte. Alberto fit son entrée, moins souriant et piquant qu'à son habitude.

— Salut Falco ! Maria est surchargée, elle m'a demandé de te remettre ce pli. Elle dit qu'elle ignore la provenance. C'est vrai qu'il n'y a aucun marquage sur l'enveloppe. T'as l'air d'être surchargé de travail...

Il regarda d'un œil oblique et désapprobateur mon bureau vide lorsqu'il y déposa le message.

— Honnêtement, pas trop. Mais ça va venir. Je préserve mes forces pour la suite.

— Tu as sûrement raison. Moi j'y retourne, je dois m'occuper de ton histoire de tomates.

Une fois qu'il fut dehors, je saisis l'enveloppe. En effet, il n'y avait aucun marquage. Rien. Seul mon nom y était inscrit à l'encre noire. Elle avait probablement été glissée dans la boîte du cabinet, dans le hall du bâtiment. Je l'ouvris. Je dépliais un unique feuillet. Le texte était dactylographié. La machine avait dû avoir un petit souci, la lettre « a » était systématiquement inclinée vers la droite. Les quelques lignes me laissèrent dubitatif.

« Señor Martinez,

Nous vous prions de nous excuser pour hier. Un de nos collaborateurs a cherché à rentrer en contact avec vous. Nous n'avons aucune intention hostile vous concernant. Nous cherchons simplement à vous questionner concernant vos récentes activités. Pour que nous puissions discuter dans un climat serein, je vous invite à partager un verre aujourd'hui à 16 h au bar de l'hôtel Westin. Ce lieu étant un public, vous n'aurez aucun souci à vous faire quant à votre sécurité. Votre obligée.

E. Bernstein. »

La formule de politesse était au féminin.

Je ne connaissais aucune E. Bernstein. Que me voulait donc cette personne ? Sûrement une nouvelle histoire à dormir debout. Je commençais à nager en plein délire. Une onde de méfiance me traversa. Mais une forte curiosité me piquait tout à la fois. C'était peut-être l'occasion de mettre à jour de nouveaux faits insoupçonnés. Ou bien de révéler, malgré moi, ce que je savais à des personnes mal disposées. Je pris le pari de me rendre à ce rendez-vous. Je devais impérativement savoir qui étaient les individus qui s'amusaient à me poursuivre à la sortie des prisons, qu'ils soient amis ou non.

Après avoir déjeuné tôt à la posada, j'entrepris une sieste consciencieuse en attendant l'heure de me rendre au palace Westin. Ce dernier était certainement le plus luxueux établissement de la capitale. Malgré la torpeur digestive, j'étais dans l'incapacité de me laisser prendre par le sommeil.

24

Un groom me conduisit au-delà du vestibule et du grand escalier. J'arrivais sous la superbe coupole de verre du Westin Palace. L'énorme bulle quadrillée, décorée dans un style Art déco, diffusait partout une pâle lumière bleutée. L'endroit faisait office de bar. Bien que vivant à Madrid depuis plusieurs années, je n'avais jamais franchi la porte de l'établissement. Grâce au meurtre du lieutenant Castillo, je découvrais des choses nouvelles et insolites. Deux ou trois garçons passaient calmement entre les tables où des clients locaux et étrangers étaient installés. Le calme régnait. Sitôt assis je commandais un café au lait accompagné d'un verre d'eau gazeuse.

— ¿ Con churros, señor ?

— Non merci.

Je me retrouvais à nouveau entouré de cet univers luxueux et ouaté. J'avais du mal à m'y sentir pleinement à l'aise, même si je savais en profiter. Ces écrins, je ne faisais que les traverser. Au fond, j'étais et resterai le fils d'un pêcheur galicien. Cela faisait des années que je n'avais pas vu l'océan. Le jour où je le reverrai, je m'y jetterai à corps perdu, me laissant ballotter par vagues et rouleaux. Mon parcours était un accident. J'avais eu de la chance.

□

Après plusieurs minutes d'attente, une femme fit son apparition à l'entrée de la vaste salle. La trentaine. Elle portait une robe d'été. Étrange impression. Une drôle de lumière pastel irradiait autour de sa silhouette. Elle était comme floue. Tout était pâle sur elle, depuis ses fins cheveux d'un blond presque argenté, jusqu'à sa tenue. Après un rapide tour d'observation, ses yeux, d'une couleur proche de celle d'un ciel d'hiver, se braquèrent sur moi, glaçants. Elle s'avança à belles enjambées et s'installa à ma table sans me serrer la main, un mince sourire aux lèvres. Ses manières, à l'inverse de son aura imprécise, laissaient transparaître une grande force intérieure. Je me levais légèrement, par courtoisie.

Elle se présenta :

— Elsa Bernstein. Vous êtes en avance, monsieur Martinez.

— Je ne tenais pas à rater ce rendez-vous. Vous faites bien des mystères.

— Le mystère, c'est mon métier.

Elle commanda une limonade. Le serveur sembla presque déçu de ne pas nous distribuer des cocktails de prix. Elle engagea la conversation.

— Bien, maître Martinez. Je vais essayer de vous éclairer. Avez-vous une idée des raisons qui nous poussent à vous rencontrer ?

Son accent était étrange, indéfinissable. Il venait renforcer mon sentiment d'indistinct concernant cette femme. La peau de son visage, un marbre légèrement rosé, était recouverte d'un délicat duvet. Son haleine diffusait une violente odeur de pastilles à la lavande.

— Non. J'ai bien peur de ne rien savoir. Mais j'ai hâte que vous m'éclairiez ! Mais j'aimerais d'abord connaître un peu mieux la personne qui lance ses sbires à mes trousses à travers les rues de Madrid.

— C'est moi. Nous vous suivons. Je travaille pour l'ambassade de l'Union soviétique.

— Mince…

Et voilà, j'avais bien senti venir la situation pourrie à plein nez. Ses yeux bleus électriques brillaient étrangement.

— Je ne passerai pas par quatre chemins. Vos fréquentations sont dangereuses. Nous avons édité une fiche sur vous récemment. Vous n'êtes pas sans savoir que les ambassades effectuent un travail de renseignement et que l'Espagne intéresse beaucoup l'Union soviétique. Nous savons que vous êtes en rapport avec des individus qui peuvent nuire aux intérêts des travailleurs espagnols. Néanmoins, à titre personnel et après avoir mené mes investigations, je ne pense pas que vous soyez un fasciste.

— Non, en effet, je ne suis pas fasciste. Et « Bernstein », ça sonne plus allemand que russe. Et que me veut le camarade Staline pour que vous éditiez une fiche me concernant ?

Elle n'apprécia guère ma pointe d'humour socialisant.

— Je vous déconseille fortement de jouer le malin avec nous. Je suis d'origine juive allemande, mais ce n'est guère important en ce qui vous concerne. Nous savons que des événements se préparent. Cela vous évoque quelque chose si j'évoque le terme « coup d'État » ?

— Non.

— Vous êtes sûr ? Une soirée chez une certaine Comtesse, notamment…

Il fallait que je reste impassible. Je devais aussi comprendre ce que l'on me voulait vraiment.

— Vous savez, je suis avocat. Un avocat qui monte. Et il est normal que je fréquente certains cercles mondains.

— Oui, et les chiens des cercles mondains aussi. Nous savons ce qui vous fait boiter. Une certaine morsure.

— Vous en savez beaucoup !

— Nous en savons beaucoup.

Elle ne cillait pas. Son regard était inintelligible. Ni haine. Ni bienveillance. Cela me mettait les nerfs en pelote.

— Vu que vous semblez tout savoir, pourquoi vous donner tant de peine pour me rencontrer ?

— Justement, nous ne savons pas tout.

La situation commençait à me dépasser. Je passais sur la défensive.

— Pour dire vrai, je n'ai rien vu ni entendu qui pourrait nuire à l'Union soviétique. Je n'étais pas invité. Enfin, pas directement… Comme vous semblez le savoir, je suis entré par effraction. S'ils avaient eu des intentions, disons spéciales, je pense qu'ils ne les auraient pas divulguées en ma présence.

Elle s'avança sur la table, braquée.

— Je crois sincèrement, maître, que vous ne vous rendez pas bien compte de la situation. Un coup d'État militaire fasciste, appuyé par des puissances étrangères, est en train de se préparer ici, en Espagne. Je sais parfaitement que vous en savez plus que vous ne le prétendez. Peut-être malgré vous, il est vrai. Il serait dans votre intérêt que vous collaboriez avec nous.

— Je ne suis pas au courant. Il y a fort à parier qu'il y aura une tentative de la part des militaires, mais il y en a eu d'autres auparavant. Vous évoquez l'ingérence de puissances étrangères… Vous êtes bien soviétique autant que je sache !

— Oh ! S'il n'y a que ça qui vous dérange je peux très vite trouver des Espagnols qui sauront très convenablement s'occuper de vous. Nous entretenons de très bons rapports avec la Garde d'Assaut.

— C'est une menace explicite. Il en faudra plus pour m'impressionner. Je connais bien le système local, moi aussi.

Elle regardait toujours droit.

— Finalement je crois que je me suis trompé sur votre cas, maître. En fait vous marchez à fond avec les fascistes.

— Je ne marche avec personne. Si ce n'est avec mes clients. Vos sornettes sont incroyables à entendre. Comment voulez-vous qu'un jeune avocat de Madrid ait un quelconque rapport avec des affaires de coup d'État ? Je ne marche avec aucune loge, groupe, société secrète ou je ne sais quoi encore. Donc, si vous le voulez bien, je préfère en rester là et me retirer avec un minimum de courtoisie.

— Pourtant vos patrons, le grand avocat Ortega et son fils, ne semblent pas politiquement neutres.

— Je vois que vous disposez d'autres fiches… Ils font ce qu'ils veulent. Je m'occupe de mes affaires.

— C'était un proche de Calvo Sotelo. Le sort de ce dernier devrait vous rendre un peu moins fanfaron…

C'en était trop.

— Bien, écoutez-moi bien mademoiselle l'espionne du Kremlin.

Vous débarquez dans ma vie, comme ça. Vous me faites suivre par des agents. Vous me menacez. Vous débitez une énumération absolument incroyable de conneries à mon encontre, et qui plus est je devrais collaborer avec vous ! Je m'en vais.

Je devais me contenir pour éviter de crier. Elle restait toujours impassible.

— Don Falco. Savez-vous au moins à quoi sont prêts les fascistes pour parvenir à leurs fins ? Il y aura bientôt des monceaux de cadavres ici.

— Les communistes sont loin d'être les derniers.

Elle ne releva pas et poursuivit.

— Mon père a participé à la tentative de révolution de 1919, en Bavière. C'était un proche de Kurt Eisner. Le gouvernement de Berlin a demandé aux Corps francs, des bandes de nationalistes, de nous anéantir. Ce fut un massacre. Moi et ma mère avons pu nous réfugier in extremis en Union soviétique. J'avais quatorze ans et je me souviens de ces événements comme si c'était hier. J'ai vu des choses que vous auriez peine à concevoir. Mon père a été capturé et exécuté, si ce n'est pire. Il n'était qu'un sale juif et communiste par-dessus le marché. Ma mère a réussi à nous faire fuir jusqu'à Leningrad, via Hambourg. Bref. C'est pour éviter une telle tragédie au peuple espagnol que nous sommes actifs ici.

— Malheureusement je ne peux vous être utile. Je me répète, je vous dis que je ne sais rien. Je vous remercie néanmoins pour le rappel historique.

Je me levais enfin pour partir. Elle resta installée. Je lui jetais un dernier regard avant de me diriger vers l'entrée. Toujours ce sentiment d'imprécision, cet alliage de lumière poussiéreuse et de volonté froide.

— Vous m'êtes en effet totalement inutile, dit-elle sur un ton presque amusé.

Seconde partie

25

18 juillet 1936

Le matin suivant, je le passais en état de quasi-sidération, chez moi, à écouter les informations radiodiffusées.

La veille au soir, à Melilla, au Maroc, le général Romerales avait dû affronter le courroux de jeunes officiers. Ces derniers avaient forcé la porte de son bureau avec un art consommé. L'imposant général était un fidèle de la République. Il termina sa nuit en cellule. C'était le signal. L'opération avait commencé. *Covadonga* était en marche (je devais apprendre plus tard que le code avait été modifié au dernier moment par *sin novedad*). Toutes les garnisons d'Afrique se rebellèrent, menées par des officiers déterminés à en découdre. Partout les opposants, des syndicalistes, des socialistes, des autorités fidèles au Frente Popular étaient enfermés ou, plus radicalement, passés par les armes.

Les comptes-rendus informatifs étaient succincts, flous. Pas encore de nouvelles concernant la métropole.

La chaleur de l'air ne faisait que croître, insupportable, et venait renforcer le poids de l'attente. La peur de me retrouver traqué à travers Madrid par je ne sais quelles factions, groupe ou service de renseignement, m'engluait dans mon appartement de Salamanca. Cette précaution était bien dérisoire. Il était évident que tout ce que la ville comptait d'espions, de barbouzes et d'activistes avait connaissance de mon lieu de résidence.

Et ça ne manqua pas.

Vers 10 heures, on cogna nerveusement à ma porte.

Je me levais et jetais un regard fugace vers le bas, à travers les voilages. La rue était déserte. J'avais préparé mon revolver, au cas où. Un ancien six coups belge de début de siècle chambré en 6,35. Pas de quoi aller bien loin. Je le saisis sur la table du salon, l'empoignais fermement et me dirigeais vers l'entrée à pas de loups.

Je n'étais pas très frais. Barbe de deux jours et cheveux hirsutes. La nuit avait été exécrable. J'étais vêtu d'un simple peignoir.

On retoqua, plus fermement cette fois.

Je me plantais à une vingtaine de centimètres de la porte et, avec d'infinies précautions, j'ouvrais délicatement l'œilleton. Ils étaient trois. La lentille de verre rendait leurs silhouettes grotesques.

— Maître Falco Martinez ? Nous voulons vous parler.

Je répondis après deux secondes d'interminables réflexions. Je ne voulais pas qu'ils tentent de forcer la porte de bois.

— Qui est là ?

— Don Falco. C'est Pedro. Pedro Ortiz y Pulido, le frère de votre client Juan-Carlos. Je me mets en évidence devant la porte, afin que vous puissiez me reconnaître.

C'était bien sa voix. Je reconnaissais sa trogne malencontreusement empâtée par la lentille de verre. J'entrouvrais finalement la porte.

— Qu'est-ce que vous foutez ici ? Et le jour d'un coup d'État ?

Finalement ils étaient quatre sur mon palier. Tous des jeunes en tenues de ville. Je ne connaissais que le cadet des frères Ortiz. Les mines étaient graves et anxieuses. Je les fis entrer dans mon salon.

— Je me répète. Qu'est-ce que vous faites chez moi ?

Pedro amorça une courte explication.

— Bien. Comme vous le savez, c'est pour aujourd'hui... Mon frère et tous nos camarades enfermés ne sont pas en sécurité là où ils sont. Ils vont essayer de les abattre.

— C'est probable. Je viens faire quoi là-dedans ?

Ses prunelles ardentes ne me lâchaient pas. Il attendait de toute évidence que je comprenne quelque chose. Ses pairs, stoïques et silencieux, semblaient surtout intrigués par les discrètes moulures du plafond. Finalement il insista et s'activa à réveiller ma cervelle encore endormie.

— Vous êtes avocat. Les familles ne sont pas autorisées à visiter le quartier des prisonniers politiques. Nous n'avons pas d'amis à l'intérieur. Nous ne connaissons pas les lieux...

La peur et la colère se culbutèrent violemment dans mon poitrail. Ce dernier, d'ailleurs, n'avait pas encore reçu sa dose matinale de nicotine.

— Ah ! Ça non ! Non, je vous dis ! Jamais je n'intégrerais l'équipée d'une bande de jeunes fascistes désespérés. Je ne recherche aucune fin glorieuse ou tragique... Vous ne voyez pas que c'est vain ! Pas mon genre, désolé. Pas envie de me faire trouer la carcasse aujourd'hui, voilà ! Je n'ai jamais prononcé aucun serment de mort à la con ! Alors vous allez gentiment quitter mon appartement, vous et vos rêves hallucinés de fin du monde !

Un dragon me traversait les artères. Je pouvais sentir mon sang bouillonner et palpiter. Je n'avais guère l'habitude de m'énerver de la sorte. Je devais être couleur tomate. Lui était devenu blême. Ma diatribe les avait visiblement fouettés.

— Nous… nous avons vraiment besoin de vous. C'est une question de vie ou de mort.

Son air affligé ne faisait que renforcer ma détermination. Je frisais la rage. Mes nerfs étaient sur le point de craquer.

— Oui, c'est une question de vie ou de mort ! Nos vies en l'occurrence ! Et bien vous savez quoi ? Je m'en branle littéralement. Absolument. Tout à fait littéralement. Je ne veux rien savoir de vos envies de meurtres et de suicides ! Je ne crèverai pas aujourd'hui et je vous conseille vivement de renoncer à cette obscure idiotie. Vous êtes de jeunes chiens fous ! Vous courez à votre perte ! Vous ne le voyez pas ? Prendre la prison Modelo d'assaut le jour d'un coup militaire, ce ne sont que les cinglés qui pensent à des trucs pareils. C'est une authentique forteresse !

Je tournais en rond sur le tapis, pestant et fulminant, les mains dans le dos. Du coin de l'œil je surveillais les réactions. Rien. Ils étaient un brin désappointés, certes. Mais la résolution dominait dans leurs regards. J'espérais que mes éclats de voix n'alerteraient pas les voisins.

Un des jeunes sbires cravaté, trapu et front bas, s'avança brusquement. J'avais dû quelque peu l'excéder.

— Monsieur. Je pense que vous n'avez pas bien compris la situation. Il ne s'agit pas ici d'une invitation à nous suivre, mais bien d'une injonction. Un ordre. Un ordre de la Grande Espagne. Que vous le vouliez ou non, vous allez nous aider à secourir nos camarades enfermés dans la prison Modelo. Et ce quel que soit le tribut à payer.

Je me maudissais intérieurement lorsque je me rendis compte que j'avais laissé mon revolver sur le guéridon de l'entrée. Il était impossible

172

de courir pour s'en saisir, on faisait cercle autour de moi. Je ne pouvais les chasser de mon logis. La situation devenait périlleuse. Je tâchais de rester lucide et de faire baisser la pression ambiante. Je baissais d'un ton.

— Vous savez que si nous faisons ça nous nous condamnons à mort ? La ville grouille de policiers et les milices syndicales vont recevoir des fusils dans les heures qui viennent. Vous croyez sincèrement que nous allons pouvoir pénétrer dans cette prison comme de simples touristes en mal de sensations ?

Le jeune gars qui venait de me parler sur un ton péremptoire esquissa un mince rictus.

— Vous venez de dire « nous », maître. Vous voyez, nous progressons dans nos discussions…

Son ironie me glaça. J'avais la sensation de marcher inexorablement vers un poteau d'exécution. Soudain, sans que je puisse le prévenir, un pistolet automatique se braqua sur moi.

— Maintenant vous allez nous suivre sans faire d'histoires.

Là, j'étais fait comme un rat.

— Vous ne me laissez pas beaucoup d'options.

— En effet.

La contrainte était trop forte. Lutte impossible.

— Bien. Laissez-moi quelques minutes pour me préparer.

L'assemblée maugréa doucement. Pedro vint à mon secours, visiblement gêné.

— Rapidement, s'il vous plaît. Notre programme est chargé.

— Oh, je fais vite ! Je ne vais tout de même pas repeindre de mon sang les murs de la forteresse Modelo revêtu d'un simple peignoir !

J'allais dans la chambre sous la surveillance d'un des gars. Je sortais le minimum syndical. Maillot de corps, pantalon, chemise dénouée et veste. La douleur à la jambe me reprenait de plus belle. Un des effets nerveux de la tension ambiante, sans doute. J'en rajoutais tout de même un peu. On ne pourrait guère me reprocher de traîner la patte.

— Vous pourriez au moins vous retourner quand je passe mon caleçon. C'est gênant.

Le jeune s'exécuta en baissant son flingue. C'était des terroristes bien éduqués.

Je concluais cette préparation sommaire, et peut-être mortuaire, en m'arrosant copieusement la nuque d'eau de toilette. Frisson glacial. Je retournais dans le salon. Deux des gars s'étaient installés dans les fauteuils. On repassera sur l'éducation.

— Messieurs, je suis prêt. *Morituri te salutant* !

— Inutile de dramatiser ainsi, me dit d'un ton docte Pedro Ortiz.

— Ça vous pose un souci si je prends mon revolver ? Vous êtes armés, vous pourrez vous défendre. Moi non.

Le trapu esquissa un sourire tout en ouvrant un pan de veste. La poignée de mon arme dépassait de sa poche intérieure.

— Pour l'instant il est à nous. On verra plus tard, en fonction des circonstances. Si vous êtes coopératif.

Après avoir soigneusement verrouillé l'appartement, je me retrouvais sur les trottoirs de Salamanca. Mes nouveaux gardiens formaient un carré dont j'occupais le centre. De toute évidence on ne tenait pas à ce que je fausse compagnie.

Je ne devais jamais revoir mon appartement.

26

Inutile de trop en dire. Ce fut évidemment un fiasco. Néanmoins, à ma grande surprise, personne ne mourut. Simplement, la présence massive d'une population en uniforme sillonnant le centre de Madrid ne permit pas à mes preneurs d'otage d'accomplir leur plan désespéré. Une automitrailleuse gardait l'entrée de la prison. De quoi calmer même le plus hargneux des nervis fascistes. Les Gardes d'Assaut patrouillaient partout, nerveux, carabines chargées et cartouchières de cuirs garnies.

On devinait que la situation était confuse. Ça ne tirait pas, pas encore. Mais la tension latente n'allait pas tarder à tourner en tempête féroce. Les cafés étaient déjà pleins, on parlait haut. Les journaux n'avaient pas encore titré les événements du Maroc, mais les camions garnis d'hommes en armes tournant partout ne trompaient personne. Les rumeurs couraient. Les postes radio diffusaient de maigres bulletins grésillant. La température était encore correcte, mais le mercure ne devait pas rester sous les trente degrés.

Nous allâmes nous réfugier, suite au manque d'audace parfaitement compréhensible de mes gardiens, dans une petite posada qui venait d'ouvrir. Les faces de ces derniers étaient anxieuses et déconfites. Pedro Ortiz y Pulido s'efforçait de rester doit. Assis à une petite table de marbre nous avions commandé des cafés au lait. Il était impossible pour moi de m'enfuir, j'étais dos au mur couvert de faïences et encadré par deux des membres de l'équipe en faillite. Je tentais une incise, en maintenant un volume sonore bas.

— Vous voyez, messieurs, il est malheureusement impossible d'agir aujourd'hui. La ville sera bientôt en état de siège… J'apprécie votre compagnie. Vous m'êtes fort sympathiques, cela est vrai ! Mais je pense que je pourrais rentrer chez moi à présent, hein… Je ne sers à rien ici. Il vaudrait mieux que je prépare mes dossiers pour les prochains jours. Si un camp ou l'autre l'emporte, et j'espère que ce sera le vôtre, il faudra bien qu'il y ait des avocats dans le coin pour arranger tout ça… Vous savez, les procès politiques et la sale besogne…

On me jeta des regards vilains. Le vrai meneur de la bande, le trapu qui m'avait un peu houspillé dans l'appartement, mit rapidement les choses au clair, à voix basse.

— C'est absolument exclu. Vous restez avec nous. Nous retenterons dans les prochaines heures. Cette prison peut à tout instant devenir un coupe-gorge pour nos camarades et nous aurons besoin de leur concours pour contrôler la ville. Vous pensiez que nous allions nous dégonfler, hein ? Vous faites une lourde erreur. Nous entrerons dans la prison Modelo, qu'importe la manière.

Cela ne présageait rien de bon. Je gardais le silence et les laissais pérorer à voix assourdies. Pedro intervint.

— Nous ne pouvons rien faire pour l'instant. Et hors de question de rentrer chez nous et attendre. Il est impossible de dire si nous pourrons reformer notre équipe avec les événements qui se trament. Le mieux est de rester groupé et d'observer.

— Oui, mais où allons-nous attendre ? S'il y a des combats ? À qui allons-nous nous rallier ? Les nationalistes sont dispersés à travers la ville alors que les bolcheviques et anarchistes contrôlent les syndicats et la police.

Décidément, les gars qui m'avaient coffré ne disposaient que de peu de ressources. Mais Pedro semblait avoir de la suite dans les idées.

— Nous allons nous rallier aux militaires. Je sais que le général Fanjul est censé prendre la tête du coup sur la capitale. C'est à la caserne de la Montaña que doivent se rassembler les différents groupes. De là, les militaires prendront les choses en main.

Je connaissais le général Fanjul pour l'avoir aperçu à la soirée, au domaine de Los Mojos.

— Et bien ça tombe bien, c'est juste à côté d'ici et de la prison !

— C'est ça. Dès que la situation sera devenue intenable, sûrement dès ce soir, nous irons là-bas nous manifester et nous associer aux autres. On nous laissera sûrement marcher sur la prison. Je suis même certain qu'ils auront préparé une opération sérieuse pour sortir nos gars de là !

Je tentais, une nouvelle fois, de calmer leurs ardeurs.

— Je ne voudrais pas paraître rabat-joie, mais je ne pense pas qu'il y ait un quelconque plan sérieux…

— On dirait que vous en savez beaucoup.

— J'en sais autant que vous. Je suis juste capable de sentir la merde de loin. Question d'instinct. Et là elle approche à grands pas, la merde. Vous devriez me laisser partir et rentrer chez vous prévenir vos familles. J'imagine que beaucoup d'entre vous ont des proches plutôt mal vu par ce genre de gens…

Je disais cela en pointant du menton l'extérieur du café. Un groupe de jeunes hommes, vêtus de salopettes d'ouvrier ou de tenus de ville et arborant des brassards, descendait la rue à pas rapides et déterminés. Ils portaient le masque de gens auxquels il ne fallait pas se frotter. Les jeunes de mon « équipe » se tassèrent sur leurs sièges, de peur d'être identifiés comme étant des activistes fascistes. Quelques clients du café, à la fois enjoués et hagards, sortirent sur le trottoir transmettre un salut fraternel à l'équipe de syndicalistes en marche.

Les heures qui allaient venir s'annonçaient joyeusement sanglantes. Une ambiance de kermesse armée s'installait sur la cité. Pour patienter, nous commandions encore des cafés.

Avec des churros cette fois.

27

Midi arriva vite. Nous avions quitté le petit café pour nous enterrer ailleurs. L'attente. Rien ne se passait. La tension latente restait sous contrôle, mais la catastrophe ne devait plus tarder. L'après-midi se passa ainsi, aux aguets, encadré par les jeunes phalangistes qui passaient régulièrement, de manière quasi compulsive, leurs mains dans leurs vestons. Ils palpaient la poignée de leurs armes, comme pour se rassurer.

J'avais cessé de flairer le moment propice pour jouer les filles de l'air. Une paire d'yeux méfiants était en permanence braquée sur ma nuque. Je me contentais de maintenir mon calme. J'osais même quelques oraisons mentales. C'était le genre de situation où deux ou trois saints catholiques pouvaient se montrer utiles.

Vers la fin de la journée, la situation devint intenable.

— À force de tourner en rond comme des imbéciles, nous allons nous faire remarquer. Et donc étriper. Il faut prendre une décision…

C'était encore Pedro qui avait parlé.

— C'est vite vu, répondit un des gars, il nous faut aller à la caserne. On verra bien si certains de nos amis y sont déjà...

— Faisons cela. On verra bien. Nous sommes partout en danger, de toute façon. Attendons encore quelques minutes puis allons-y prudemment. J'espère que la situation est sous contrôle là-bas. Il serait idiot de se faire cueillir à l'entrée.

□

Notre expédition fascisante se mit alors en marche avec force vigilance et beaucoup d'inquiétudes dans les regards et les cervelles. Arriver à la caserne en entier, seul cela comptait. Il fallait s'efforcer d'adopter une attitude décontractée et sereine. Même moi, qui étais pourtant là contre mon gré, je tenais à paraître avenant, quitte à crier quelques : ¡ *Viva la revolución !* Dans ce contexte, un délit de sale gueule pouvait vous rapporter quelques grammes de plombs durcis. Qu'importe que ce plomb soit communiste ou anarchiste.

Le plomb, surtout quand il est durci, ça peut faire du dégât.

Nous sommes parvenus, enfin, après cette curieuse et anxiogène pérégrination, à rejoindre les abords de la vaste et austère caserne. Le bâtiment était un peu à l'écart du centre, étalant ses longues façades sur les hauteurs dominant le rio Manzanares. En contrebas des pentes raides se nichait la Gare du Nord et sa vaste verrière. L'édifice militaire avait été bâti durant les années 1860. Ses fondations reposaient sur un large podium de six mètres de hauteur. Deux larges escaliers en fer à cheval permettaient de gravir sur cette terrasse depuis le petit jardin qui s'étendait devant la place d'Espagne. Les lieux étaient presque déserts. La population restait dans les rues et n'osait trop s'approcher, devinant que c'était depuis cette bâtisse que se jouerait le sort de Madrid.

Au bas des marches du podium traînaient un sergent et deux caporaux, fusils à la bretelle, les brêlages chargés de cartouchières. De larges volutes de fumée grise jaillissaient de leurs becs. Du tabac blond, on le sentait à dix mètres. Notre approche ne sembla guère les contrarier.

— Vous voulez passer ? On a reçu l'ordre de garder l'escalier.

— Nous ne sommes pas hostiles. Des événements se trament en ville… Nous cherchons un refuge.

Le sergent et ses gars ne semblaient guère surpris.

— Vous aussi ? Décidément ! Je n'ai jamais vu autant de personnes se précipiter dans une caserne militaire… Drôle de journée !

— D'autres sont venus ?

— Ça n'arrête pas. On a juste pour consigne de refouler les types louches ou trop hargneux, surtout s'ils portent des brassards rouges…

Les phalangistes se regardèrent en coin, une pointe de soulagement dans leur expression.

— On… On a l'air de types louches ?

Le sergent nous regarda à peine, l'œil morne, tout en tirant sur sa clope. Les caporaux n'en avaient strictement rien à foutre.

La phrase fatidique tomba au bout de deux secondes.

— C'est bon, vous pouvez passer.

28

La porte principale de l'édifice était plus lourdement gardée. Une mitrailleuse Maxim avait était mise en batterie et une chicane en sacs de sable aménagée. Les militaires de la caserne n'avaient pas chômé. On nous laissa entrer sans poser de questions. D'évidence les appelés obéissaient sans broncher aux militaires de carrière qui les encadraient. Je me demandais si cela durerait.

Une fois la porte et quelques larges couloirs franchis nous pénétrions dans une des deux vastes cours de la caserne. Cette dernière formait un large rectangle encadré d'arcades. Une galerie de bois sur deux niveaux surmontait le tout et donnait accès aux différentes salles et bureaux. Le soleil du soir étalait son ombre sur une bonne moitié de la place d'armes. Les couleurs de la République, violet, jaune et rouge, flottaient sur le mât. Des groupes d'officiers et d'hommes en civil mêlés formaient quelques cercles de discussion dans cette cour. On pouvait voir des chemises bleues de la phalange. Certains fumaient. Quelques autres marchaient lentement, par groupes de deux ou trois. Visiblement c'était aussi l'attente qui dominait ici. Quatre-vingts ou cent personnes devaient se trouver sur cette étendue de terre battue.

Un jeune gars, allure athlétique et sourire de triomphe aux lèvres se précipita vers nous. Il nous avait aperçus dès notre entrée. Lui aussi portait la chemise bleu pétrole.

— Salut les gars ! Vous étiez où ? Bon, en tout cas vous n'êtes pas les derniers, le gros devrait arriver demain.

Les poignées de mains filèrent en un instant. D'évidence mes geôliers et le play-boy étaient de bons camarades. Rapidement on lui expliqua que j'étais une sorte de captif et comment la tentative de la prison avait lamentablement échouée face à l'agitation des rues madrilènes.

— Arf ! Pas grave. Demain on sort et on reprend tout. Les journaux, la radio et le reste. Les autres casernes de la ville se préparent aussi ! Tout le monde convergera vers le centre en même temps. Je sens qu'on va bien se marrer quand on les collera au mur, ces salauds !

— Tu as pu discuter avec des officiers ? Que pensent les militaires ?

— Ils marchent avec nous, pour la plupart. Les autres ferment leurs gueules et suivent le mouvement. C'est comme d'habitude, il suffit d'une minorité active et déterminée et le reste accompagne sans trop réfléchir…

— Espérons que ça dure. Dehors les rouges se préparent aussi. Ça va vite devenir folklorique !

— Depuis le temps qu'on attend ça… soupira Pedro Ortiz y Pulido.

J'osais l'ouvrir. Après ces quelques heures passées ensemble des liens diffus avaient pu se nouer.

— Bon. Je fais quoi maintenant ? J'aimerais bien rentrer chez moi avant que vous ne foutiez le feu à la ville. Vous pourrez passer me voir demain pour prendre le café, si ça vous tente…

Le beau gosse brun, qui s'appelait Lorenzo, me fit une remarque pertinente :

— À l'heure qu'il est les services de renseignement de la Garde d'Assaut et peut-être même les milices de gauche doivent avoir eu vent de nos préparatifs… Il ne serait guère prudent de sortir d'ici sans courir de risques, qui plus est en étant seul. Je crains que vous ne soyez coincé avec nous… Au moins vous pourrez dire que vous avez pris le train en marche ! Soyez opportuniste et joignez-vous à notre révolution ! Vous verrez, on va s'amuser.

Je me résignais à rester dans la caserne. Je n'avais guère envie de prendre part à ce bal.

29

La nuit fut longue, calme et ennuyeuse.

Le seul avantage que je trouvais à cette dernière, c'était la possibilité d'aspirer de l'air relativement frais. Les odeurs nocturnes étaient fortes. Ça sentait le caillou chaud et la sève de pin. Les sons étaient étouffés. Quelques chuchotements, quelques pas émoussés dans l'obscurité. Les groupes s'étaient défaits peu à peu, malgré l'excitation de beaucoup. Il fallait garder des forces pour le lendemain.

Je ne dormais pas. Des couvertures de laine grossière avaient été distribuées. Je m'étais enveloppé, telle une chrysalide. Nous nous étions installés sous les arcades, les lits du casernement étant occupés par la troupe. Les derniers arrivants, comme nous, étaient des pièces rapportées. Il fallait se contenter d'un peu de paille étalée sur les dalles.

On m'avait avancé gracieusement quelques cigarettes. Je fumais, allongé, remuant l'air de mon souffle. Je tâchais de faire le vide après les épreuves de la journée. La fraise de mon mégot me servait d'artefact hypnotique.

Mes réflexions s'égaraient dans le noir. Je perdais peu à peu le fil. Dans le souffle tiède de la nuit, je devinais ma mort, tout en douceur.

Et le souffle de la Comtesse de Pedraja.

30

19 juillet 1936

Ce dimanche, les cornettes sonnèrent à l'aurore dans les diverses casernes de Madrid. J'étais heureux de ce réveil. Me tortiller tel un vers sur les dalles froides à la recherche d'un peu de quiétude n'avait guère arrangé mon état. Un café noir fraîchement moulu servi sur des tréteaux me permit de reprendre pied. Quelques cordialités, quelques potins sur la nuit passée, des pronostics et des rumeurs concernant la nouvelle journée. Rien d'effrayant. Tout était calme et poli. L'attente reprit, le soleil monta et les pierres chauffèrent. Je me mis à marcher en rond autour de la cour, sous les arcades. Je voyais des gars aller et venir depuis le bureau des communications. La caserne de la Montaña possédait des équipements radio performants, à ce qu'on disait. Les nouvelles faisaient ensuite du bouche-à-oreille à une vitesse surprenante. Je passais de groupe en groupe afin d'en apprendre plus.

— Le gouvernement a décrété l'état d'urgence ! Les arsenaux ont été ouverts aux milices ouvrières.

— C'est con, c'est nous qui avons les cartouches et les culasses des fusils... L'immense majorité des munitions de la région de Madrid sont stockées ici.

— La radio parle de combats un peu partout, en métropole cette fois ! Ce qui est sûr c'est que ça a fonctionné au Maroc. Toute la zone est tombée entre nos mains.

— Reste à savoir comment l'armée d'Afrique va franchir le détroit...

On sait ce que fait la Marine ? Et les autres grandes villes ? Barcelone ? Valladolid ? Saragosse ?

— Pour Valladolid et Saragosse, c'est gagné d'avance. On sait que de lourds combats ont lieu à Barcelone depuis ce matin, mais la situation est plus incertaine... Pour la Marine la situation est très floue. Certains affirment que les Italiens et peut-être même les Allemands vont nous envoyer des avions et un soutien logistique. Ça pourrait aider les Africains à passer en métropole.

— Des renforts devraient nous parvenir de Carabanchel dans la journée, sans compter l'ensemble des phalangistes dispersés à travers la ville qui vont s'efforcer de nous rejoindre. On marchera alors en colonne sur le centre.

Je pensais à Jacques Mayeul. Le Français devait littéralement prendre son pied. Je commençais à le connaître un peu. Dieu sait ce qu'il trafiquait à cette heure. En tout cas je l'imaginais bien en train de sillonner Madrid au volant de sa fusée chromée recherchant des groupes armés à interviewer. De préférence des groupes de jeunes filles en salopettes d'ouvrières.

□

La situation prit un tour nouveau à la mi-journée. Un attroupement se constitua en quelques instants à l'une des portes de la cour.

— Ils nous distribuent les fusils ! Ce n'est pas trop tôt !

L'agitation était à son comble. On se passait les carabines, les caisses de cartouches. Tout le monde piaillait de joie et d'excitation. Je

192

reconnus le cadet Ortiz et quelques autres dans la petite foule. Lorenzo portait quatre fusils Mauser à bout de bras, par les sangles. Il s'avança vers moi.

— Tiens Martinez, prends ça et une bonne poignée de cartouches. On t'intègre au groupe. On va se marrer.

Il fit voler une des armes dans mes mains. Je n'en voulais pas. Néanmoins après un instant de réflexion je me décidais à la porter. Mieux valait ne pas passer pour un objecteur de conscience entre les quatre murs de cette caserne. Je songeais à mon revolver. On ne me l'avait pas rendu. Le Mauser était infiniment plus pesant et encombrant. Je me penchais sur le sol où s'étalaient et roulaient des paquets de munitions. Je remplis mes poches à craquer. Je me souvenais un peu du maniement de ce genre d'arme. Vinera m'avait emmené quelquefois au champ de tir. C'était l'avantage de vivre toujours à proximité d'une garnison.

J'ignorais totalement ce qu'il tramait à cette heure. Le sachant au Maroc et connaissant l'homme, je me représentais parfaitement le vieux colonel en train de conduire une colonne de soldats survoltés à travers les ruelles de Ceuta dans le but de débusquer la mauvaise herbe marxiste. Tout cela me faisait songer à mon père et à la guerre de Cuba.

Une école de tir sommaire fut improvisée dans un coin de la cour, au bénéfice des volontaires. Un très jeune lieutenant et quelques sous-officiers donnaient leurs conseils. Je fus surpris de constater que nombre d'appelés ne maîtrisaient qu'à peine le maniement de leurs fusils. Les phalangistes s'en sortaient globalement mieux. Quelques officiers, casquettes vissées sur la tête, s'étaient accoudés sur la galerie du premier étage qui nous surplombait. Ils ricanaient sans vergogne aux vues des piètres capacités de leurs hommes. Ils devaient certainement penser que les milices ouvrières feraient pires.

J'appris, peu après la brève entrée en matière sur le maniement du fusil Mauser, que le général Fanjul était parvenu à rejoindre la caserne peu après midi. Impossible de deviner les circonstances de son arrivée tant la ville semblait désormais cadenassée.

□

C'est alors que je me baladais dans la cour, fusil nonchalamment tenu à la bretelle, qu'une rafale se fit entendre depuis le côté nord-est. De là où je me situais, je ne pouvais rien voir. Des coups isolés s'enchaînèrent. Quelques soldats et miliciens se précipitèrent vers l'escarmouche. Pour ma part je préférais attendre les nouvelles en fumant nerveusement une nouvelle clope.

L'accalmie arriva moins de cinq minutes plus tard. Au hasard des discussions j'appris qu'un camion bardé de banderoles syndicalistes avait tenté une approche périlleuse depuis la Calle de Ferraz. Une bande de mitrailleuse avait fauché le plateau de l'engin et les hommes qui s'y trouvaient. La réplique était venue des bâtiments se trouvant de l'autre côté de la rue.

Désormais tout Madrid connaissait ce secret de polichinelle : la caserne de la Montaña ne marchait pas avec le gouvernement. Ni avec la majorité des habitants de la cité.

Le reste de la journée se déroula sans d'autres événements notables. Dans la caserne, l'inquiétude avait pris le pas sur l'excitation du matin. Les visages des 1500 hommes qui se serraient dans les couloirs, qui gardaient les fenêtres grillagées ou qui, comme moi, traînaient sans ordres dans les cours, s'étaient teints de traits caractéristiques. Visages de guerre. La fatigue, déjà. Et l'attente. La peur. La résolution parfois.

On se traîna comme ça jusqu'au soir. Le même manège que la veille. Je m'enroulais dans une vieille couverture. Cette fois la fatigue prit le dessus et je m'endormis d'un sommeil sans rêves.

31

Les tirs m'arrachèrent aux dalles. Je reconnus dans le noir le son caractéristique des mitrailleuses. Je compris rapidement, au vu de l'ampleur que prenaient les événements, qu'il s'agissait là d'une affaire sérieuse. L'attaque en règle commençait. Il était environ 04 heures du matin. Un officier, un peu plus entreprenant que les autres, passa avec agitation sous les arcades pour rassembler les hommes qui s'y étaient agglutinés pour sommeiller.

— Allez messieurs ! On se lève et on s'équipe ! Mettez-vous en rang dans la cour, je vais constituer des groupes en vitesse, vu que personne ne l'a encore fait…

La fusillade se développait. Des tirs de plus en plus nourris emplissaient l'air nocturne. La lumière allait se lever dans une heure ou deux. Le gros de l'action semblait pour l'instant se dérouler du côté de l'entrée principale. On devinait depuis la cour la lueur des départs de coups. Elles scintillaient le temps d'un éclair dans les salles des étages qui donnaient vers l'extérieur. La caserne semblait tenir bon face à l'attaque, pour l'instant.

On me mit dans un groupe d'une dizaine d'hommes, tous phalangistes, dans lequel je retrouvais à nouveau Lorenzo.

— Ah ! Falco Martinez ! Tu vois, je te l'avais dit qu'on allait s'amuser ! Pour l'instant feu d'artifice avant l'apéritif. On fait le coup de fusil ce matin et ce soir on danse avec les filles sur Gran Vía !

— Je ne sais pas lequel fera danser l'autre… Ce qui est sur : ce n'est pas ce camp-ci qui mène la musique.

— Tu t'inquiètes, tu t'inquiètes ! Les murs de la caserne font plus d'un mètre d'épaisseur. Du granit de Castille. On a des munitions pour des mois, de l'eau. C'est vrai que c'est court niveau boustifaille, mais bon, les renforts arriveront vite ! À ton avis ce seront des hommes d'autres casernes de la région ? Dans ce cas on compte en heures. Ou bien les carlistes du nord ou les Africains du sud ? Dans cet autre cas, on compte en jours. Je pense ouvrir un bureau de paris. Il va falloir que je me dépêche ! Cette occasion de faire fortune ne durera pas !

On nous donna l'ordre de prendre position dans deux grandes pièces qui servaient de bureau au premier étage, du côté sud-ouest de l'édifice. Nous étions livrés à nous même. L'officier, avant de quitter les lieux, nous donna des ordres simples :

— Gardez les fenêtres et tirez sur tout ce qui bouge !

Les carreaux n'étaient pas encore brisés à cet endroit. Les salles surplombaient une pente qui descendait doucement. Des arbustes y poussaient. Je m'étais accroupi dans le noir, à côté d'un type que je ne connaissais pas. Nous usions nos yeux à scruter la pénombre de l'extérieur. Aucun mouvement. Pourtant les rafales de mitrailleuses et les tirs isolés sonnaient partout autour de nous. L'écho des claquements se répercutait de salle en salle. L'air ambiant s'emplissait d'une lourde odeur de cordite. Après un quart d'heure d'attente, un des membres de mon petit groupe se décida à aller glaner quelques informations. À son retour, il nous expliqua le peu qu'il savait :

— Les rouges tirent sans discontinuer depuis la Plaza de España et la Calle Luisa Fernanda. Ils n'ajustent pas leurs mires. Pour l'instant nous n'avons que quelques blessés. Nos gars ripostent dès qu'ils aperçoivent la lueur des départs. On a mis deux mitrailleuses en batterie du côté de l'entrée. Ça les tient à distance.

— Bon, ça commence bien ! s'exclama un jeune garçon.

— Pas de réjouissances ! En tout cas pas encore. Le matin va venir avec son cortège de surprises. Et on n'a aucune nouvelle des autres casernements de la ville. On reste ici. Et vigilance !

□

Nous passâmes l'heure ainsi, à écouter le fracas des combats. En fonction des sonorités nous commencions à deviner qui tirait sur qui ainsi que les types d'armes employées. Staccatos réguliers et lancinants pour les Maxim. Ou sinon les aboiements sourds des Mausers. On percevait aussi, de manière lointaine, le bruit de moteurs d'avions dans le ciel.

Le décor devant nos fenêtres passa progressivement du noir au mauve, puis au gris ferraille. Le jour se levait. Je pus voir au loin les toits du Palais Royal quand les premiers éclats d'or tombèrent sur la cité en tumulte.

Les combats ne cessaient pas. Je me demandais quelle quantité de munitions avait bien plus être employée depuis le début de ce concert. Certainement plusieurs dizaines de kilos de cartouches. Nous avions en tout cas confirmation que les milices avaient été équipées par le gouvernement central. Jamais elles n'auraient pu s'armer de la sorte sans cette aide.

Tout s'arrêta peu avant 07 heures du matin. J'appris plus tard qu'un parlementaire dépêché par les autorités loyalistes avait été envoyé vers nous, drapeau blanc en main. De là où nous étions positionnés, nous ne pouvions rien deviner. Le colonel Serra, le responsable des rebelles de la caserne, sous les ordres directs du général Fanjul, avait hautainement prié le plénipotentiaire de s'en retourner. Poids tragique de l'orgueil ibérique. Le sort des soldats et civils défendant la caserne était scellé.

□

L'homme s'adapte à tout. Il ne m'avait pas fallu plus de quelques heures pour dompter la tension du combat. Je commençais même à me sentir à l'aise au milieu de ce carnaval sanglant. C'est lorsque que j'allumais enfin ma première cigarette de la journée qu'une explosion terriblement plus puissante que les autres rugit à mes oreilles.

L'artillerie était entrée en action contre la caserne. C'était juste après le départ du parlementaire.

32.

Le reste fut bruyant, violent et poussiéreux. Un obus tiré depuis les abords de la Plaza de España avait éclaté dans les grilles de la fenêtre se trouvant à côté de moi. Lorsque je rouvrais les yeux, je ne vis que de la poussière en suspension. Puis les corps étendus et ensanglantés de deux hommes.

— On a bien failli y passer !

C'était Lorenzo qui avait crié. Sa gomina de la veille ne tenait plus et sa chevelure s'était couverte d'une fine pellicule grise. Massacre capillaire. J'éprouvais le besoin de faire le poisson avec ma mâchoire. Mes tympans avaient pris un méchant coup. Mon crâne sifflait et vibrait comme une cloche.

Un des hommes se trouvant dans la pièce se mit à ouvrir le feu.

— Ces bâtards tentent de passer par notre côté !

Tout le monde se mit à faire chauffer les fusils. Je savais que mes compagnons de circonstances visaient mal et que les miliciens marxistes, ou que sais-je encore, n'avaient pas trop de soucis à se faire.

Pour ma part je m'avançais vers un des gars étalés sur le sol. Il respirait encore et murmurait des délires. Des éclats de verre et de granit avaient lacéré son visage. L'autre type était visiblement mort. J'entrepris d'arracher la chemise du blessé afin d'éponger le sang qui coulait de son front. C'était une étoffe d'un blanc douteux. Elle absorba rapidement la bonne hémoglobine.

Ça tirait. Mes tympans souffraient.

Moi qui avais songé par le passé à une carrière de soldat je me retrouvais, bien malgré moi, au milieu d'une terrible bataille au cœur de Madrid, ma capitale. Et entre membres d'un même peuple. Si j'étais devenu militaire, j'aurais certainement été envoyé au Maroc. J'aurais crapahuté dans le Rif, sous le soleil d'Afrique. Oui, il y aurait eu quelques morts, amis ou ennemis, mais certainement pas ce qui était en train de se dérouler devant moi. J'étais un spectateur horrifié. Il fallait tenter quelque chose, arrêter ce massacre stérile. Je serrais dans mes poings sales la chemise couverte de sang. Mon cerveau bouillonnait.

Lorenzo se tourna vers moi en beuglant.

— Toi, prends ton putain de fusil et viens nous aider à dégommer ces chiens !

Dès qu'il se retourna pour faire feu, je m'enfuis en courant à travers le couloir. J'emportais la chemise pourrie et ma carabine. Je pris vers l'angle qui donnait accès à la façade de l'entrée principale, celle qui donnait sur la Plaza de España.

La scène était la même partout. Des hommes recroquevillés derrière les allèges des fenêtres maniaient prestement les culasses de leurs fusils et essayaient d'ajuster leurs tirs. Je n'écoutais plus le fracas, concentré sur mon nouvel objectif.

Je trouvais un petit bureau. Là il n'y avait personne, et une fenêtre pulvérisée. Je pris une profonde inspiration et me précipitai vers l'ouverture. Je grimpais sur le rebord, m'exposant dangereusement. La grille de métal m'empêchait de chuter quatre mètres plus bas.

Je brandis la chemise blanche souillée vers l'extérieur, à bout de bras.

Se rendre. Arrêter ce massacre. Faire comprendre à tous que certains ici ne désiraient pas tuer et se faire tuer. Rien d'autre ne comptait.

Je restais là, perché à la fenêtre, durant une éternité. Je ne sais par quel miracle, mais aucune balle ne vint me frapper et aucun homme de la caserne ne pénétra dans la salle où je me trouvais pour constater ma trahison.

Le combat s'adoucit peu à peu. Les détonations s'espacèrent.

Puis je vis s'avancer vers la caserne, à quelques centaines de mètres, une troupe de silhouettes disparates. Ils devaient être cent ou deux cents, en chemises, veste de ville ou tenue de travail. Ils surgissaient des rues alentour. On reconnaissait parmi eux quelques uniformes. Des Gardes civils ou des Gardes d'Assaut. Certains se précipitaient. D'autres marchaient à pas plus mesurés. Ils voulaient rejoindre les marches du podium, par là même où nous étions entrés dans la caserne, deux jours auparavant. De loin on pouvait même entendre des cris de joie.

C'était mon « drapeau blanc ». Je le savais. Il avait produit son effet. Ça fonctionnait ! Cette abomination allait pouvoir cesser.

Alors se produisit le massacre.

Dès que les premiers furent arrivés au sommet des marches, ils furent reçus par les deux mitrailleuses qui barraient l'entrée. Les soldats de la garnison qui gardaient la position n'avaient pas vu mon torchon. Les rafales furent longues, lourdes et impitoyables. Je pouvais voir jaillir des corps les petits nuages roses générés par les impacts.

Je restais collé aux grilles, figé par cette vision d'horreur.

Lorsque j'émergeais de ce cauchemar, je me retrouvais assis sur une chaise, dans le bureau en désordre. Des larmes épaisses et chaudes me coulaient sur les joues. Je ne pouvais admettre ce que je venais de provoquer.

Mon signe de paix avait généré un bain de sang.

Je ne voulais pas constater, vers l'extérieur, le nombre de corps étendus. Le peu que j'avais vu m'avait amplement suffi. Mon fusil était posé à terre, seul, comme impotent. À l'extérieur le fracas du combat avait redoublé. Je sursautais à chaque obus qui s'écrasait contre les façades de l'édifice. Cette affaire n'en avait plus pour longtemps.

Je passais mes mains sur mon visage, je reniflais. Un goût salé emplissait ma bouche.

— Ressaisis-toi Falco ! Bordel !

Je me hurlais dessus.

Je finis par me lever, lourdement, et a ramasser le Mauser. Des cartouches cliquetaient dans mes poches.

— Oh ! Et puis merde !

Je me mis en position à la fenêtre et commençais à ajuster mon tir.

J'aurais voulu éviter cela, mais ce monde ne désirait que la mort, le combat et le fracas.

Ainsi soit-il.

34

J'ignore combien d'hommes je pus toucher. Deux, certainement. Trois, peut-être. Peu m'importait. Seul comptait le combat.

Viser. Tirer. Recharger. Recommencer.

Je me pris même à rire de manière démente, l'espace d'un instant. Sentiment de kermesse.

Mon activité fébrile avait été perçue de l'extérieur. On cherchait à m'abattre. De petits éclats de pierres et de la poussière valdinguaient près de mon visage. Les balles sifflaient.

Soudain, un éclatement terrible. Un nouvel obus avait détoné non loin. J'étais abasourdi, assommé. Mon euphorie guerrière s'était volatilisée en un instant. Des acouphènes terribles me labouraient le crâne. Ma respiration était courte, haletante.

Plusieurs minutes passèrent avant que je ne reprenne mes esprits. Je restais tétanisé, en état de choc, allongé derrière la fenêtre, contre le parquet dur. Odeurs de brûlé et de cordite.

Rien ne nous avait préparés à l'expérience de la guerre.

□

— Ils sont à l'intérieur ! Les rouges sont entrés !

Je vis plusieurs soldats, bonnets de police sur la tête, passer en courant. Ils ne firent guère attention à ma présence. Ils tentaient la fuite. Cela semblait bien vain. La caserne était encerclée et située au cœur d'un espace urbain. Il aurait été peut-être possible de sauter par le mur sud-ouest, là où je me trouvais précédemment avec mon groupe, et ensuite tenter de rejoindre les voies de la Gare du Nord. Puis franchir le rio Manzanares et atteindre Casa de Campo. Bref, mission impossible. Nous étions tous piégés ici.

Je me levais et me traînais vers la galerie qui donnait sur une des cours intérieures. Je devais m'appuyer sur mon fusil pour y parvenir tant j'étais las et engourdi. Je titubais. Une fois arrivé au balcon, je pus observer la scène qui se déroulait sur le vaste espace de terre battue. Une onde de terreur me traversa.

◻

Du sang. Du sang partout.

Les assiégeants s'engouffraient en masses impétueuses dans l'édifice. Ils étaient parvenus à prendre les portes malgré la tempête de plomb qu'avaient déchaîné sur eux les mitrailleuses. Sans l'aide de l'artillerie, ils ne seraient parvenus à rien.

Ils chantaient l'Internationale alors qu'ils trottaient partout. Safari.

De mon observatoire je les voyais courir vers les quatre coins de la cour. La traque était terrible. Les défenseurs qui se rendaient, mains au ciel, étaient alignés rudement contre les murs. Un groupe de prisonniers était constitué au centre de l'espace. Les coups de crosses pleuvaient. Des coups de feu partaient. Des hommes s'écroulaient. Certains suppliaient, d'autres s'efforçaient de rester digne et criaient à plein poumon ¡ *Viva España !* au moment de recevoir le coup de baïonnette dans l'estomac ou la poitrine offerte. Quelques-uns furent égorgés.

On vint me chercher au bout de quelques minutes. J'étais resté sur la galerie, à méditer religieusement ce que je voyais. J'avais laissé la carabine sur le bois sale du plancher. Ils étaient trois, aussi sales et hirsutes que moi. Ils comprirent que je ne me défendrais pas.

— Suis-nous. Et si tu brailles, on te saigne comme les autres en bas.

On me fit descendre les escaliers. J'étais dans un état second. La marche était compliquée. Je retrouvais un groupe de prisonniers entassés dans un des réfectoires du rez-de-chaussée. Nous devions être une centaine de loqueteux couverts d'éraflures. Le silence et l'anxiété régnaient dans la pièce. Là je retrouvais le cadet Ortiz, Pedro. Il me dévisagea. Lui aussi était sonné. Nous étions tenus en respect par des Gardes civils.

Dehors les tirs et les cris s'estompaient peu à peu. Régulièrement la porte s'ouvrait et de nouveaux prisonniers étaient jetés avec nous.

Nous restâmes ici une heure, ou deux. La perception du temps n'était plus la même. Puis on nous fit enfin sortir en colonne dans la cour couverte de morts. Puis vers la sortie du bâtiment. Les baïonnettes luisaient, hargneuses. Les cadavres jonchaient le sol un peu partout. La main du destin les avait disséminés qui contre la terre battue, qui contre une paroi de granit. Des miliciens s'empressaient de rassembler armes et munitions. Ils rigolaient, enivrés de victoire. Ils gloussaient de bonheur et de fatigue. Ivres de poudre et de sang.

Arrivé au niveau de l'entrée principale je pus constater les effets de l'artillerie. Les mitrailleuses qui s'y trouvaient, et qui avaient donné jusqu'au bout, avaient volé en éclats. Et leurs servants avec. Il ne restait de ces armes que quelques bouts de ferrailles tordus. La façade était constellée de points d'impact. Des blocs de pierre en provenance des parois extérieures avaient été emportés et s'étaient disséminés sur les abords, donnant à l'ensemble un air de chantier abandonné.

Sur le parvis de la caserne, une foule imposante et haineuse nous fit un accueil démonstratif. Les rares officiers ayant survécu à la prise d'assaut étaient tirés hors de notre groupe, à mesure que nous avancions. Du coin de l'œil je pouvais voir qu'ils étaient conduits à l'écart et fouillés consciencieusement. Des camions, moteurs tournants, attendaient tels des pachydermes patients.

Les injures pleuvaient sur nous. Une femme à la voix stridente hurlait :

— Qu'on leur coupe les couilles ! Les couilllles !

La perspective de perdre mes attributs virils ne me réjouissait guère.

Un officier, juste à côté de moi, fut attrapé par la manche, rossé et planté à la baïonnette. Il n'eut même pas le temps de broncher. Je ne pus m'empêcher de songer à mon métier. Nous méritions au moins un procès, même singé, avant l'exécution.

Moi, ce n'est pas par la manche que je me fis attraper, mais par l'épaule. Je me laissais faire en fermant les yeux, attendant le coup de lame libérateur. On me tirait toujours fermement. Ne comprenant pas ce manège, j'ouvris les yeux.

J'eus la terrible surprise de reconnaître le dos du commissaire Delgado. Il me traînait de son pas saccadé.

35

Il m'éloigna de la foule grondante et de la colonne de prisonniers, vers un bouquet d'arbres du parc rabougri de chaleur. Je ne me retournais pas pour voir les rebelles vaincus être conduit vers leurs geôles, ou pire. J'aurais pu me dégager et courir, mais je n'en avais ni la force ni la volonté.

Il stoppa son avance, me relâcha. Son étreinte m'avait fait mal à l'avant-bras. Il sortit un étui à cigarettes et m'en tendit une. Il gratta une allumette pour nous deux. Des coups de feu continuaient à faire vibrer l'atmosphère, de temps en temps. C'était le signe qu'un corps sans vie se fracassait contre la poussière. Le soleil tapait haut. Là où nous étions, il n'y avait personne.

Il finit par prendre la parole, après quelques bouffées.

— Décidemment on dirait que ça ne vous réussit pas, la Révolution.

Il conservait la même morgue et le timbre monocorde que j'avais pu remarquer le jour de ma première rencontre avec Juan-Carlos Ortiz.

— Oui. On dirait bien que je l'ai échappé belle.

— Ça, ça dépend de moi.

Il respirait fort. Il reprit la parole une fois sa clope terminée.

— Il fallait bien que ça arrive. C'était couru. Maintenant on va voir combien de temps vont durer ces histoires.

Il jeta son mégot au loin et me fixa. Il louchait presque. Sa réflexion paraissait profonde. Il fouillait les recoins de sa conscience, soupesait chaque élément.

Puis finalement il articula ces mots :

— C'est bon, tirez-vous. Vous en avez assez vu pour aujourd'hui.

Il se retourna vers la caserne. Il y avait des morts à identifier et des futurs détenus à trier. Il me laissa en plan, débraillé, ruisselant et poussiéreux.

J'avais encore quelques cartouches inutiles dans les poches.

36

Je fonçais au bureau de Mayeul, sur Gran Vía. C'était non loin du cabinet Ortega. La marche fut longue, malgré le peu de distance à parcourir. L'effort pour ne pas s'effondrer sur place était colossal. Des groupes en armes circulaient partout et hurlaient les louanges de la révolution prolétarienne, les poings levés. Les filles les dévoraient, l'œil admiratif. Je passais entre les gouttes. Au fond peu de monde me connaissait dans cette ville. Mais je sentais instinctivement qu'il m'était impossible de rentrer chez moi. Je devais trouver une planque, et rapidement.

Je trouvais facilement le bon immeuble, rentrais dans le hall frais et délicieusement silencieux. Sur une des portes, au deuxième étage, je trouvais un écriteau en laiton.

Jacques Mayeul

Periodista – Paris Matin

Je l'entendais beugler au téléphone à travers la porte. Je dus taper à plusieurs reprises avant d'entendre son invitation à entrer.

Le Gaulois était bien là, à siroter une anisette, dans une position totalement acrobatique. Il buvait, fumait et tenait son combiné téléphonique tout à la fois. Il ajoutait à cette touche fantaisiste ses pieds sur le bureau. Il me fit asseoir tout en communicant dans un français véloce que je ne pouvais suivre. C'était d'évidence avec un autre journaliste de sa boutique qui se trouvait en Espagne, peut-être à Barcelone. Le téléphone n'était pas encore coupé, malgré l'état de chaos dans lequel se trouvait le pays.

Il raccrocha après les salutations d'usage et se propulsa hors de son siège. Il se rehaussa sur ses jambes tel un automate à ressort. Il était marqué par la fatigue. Les nerfs et le café noir le tenaient.

— D'où viens-tu dans cette tenue ? Tu as du sang et des traces noires partout. Et tu pues.

— J'arrive de la caserne. Une boucherie.

— Bordel ! Je sais qu'ils ont donné l'assaut. Tu as pu tout voir ? Je n'ai pas pu y aller ! Il y a tellement d'informations à collecter…

Il prit un air ahuri. Ses yeux roulaient de curiosité.

— Non, je n'ai pas pu tout voir depuis l'intérieur.

— Attends. Tu es en train de me raconter que tu étais à l'intérieur ? Avec les putschistes ?

— Oui. C'est long à expliquer.

— Je veux bien te croire. Tu veux un verre ?

Sans attendre ma réponse il me versa un whisky double dose. Je me l'enfilais d'un trait.

— Et bien mon salaud. On dirait que tout ça t'a donné soif…

Je lui racontais en quelques mots les 48 heures que je venais de traverser. Il ne m'interrompit pas. Il écarquillait les yeux et les oreilles, visiblement épaté par mon récit.

— Et pourquoi tu déboules ici ? Il te faut quitter la ville ! Et vite ! Le gouvernement a confié une large part du pouvoir aux milices. Des tribunaux spéciaux vont se constituer. Si on apprend que tu es l'avocat de quelques hurluberlus fascistes, ou pire, que tu t'es battu à la caserne avec les militaires… Je ne donne pas cher de ta grosse carcasse.

— Où veux-tu que j'aille ? Je n'ai rien. Tout est ici.

— Oh, ne commence pas à me jouer ce coup-là. Tu as bien de la famille en province ? Un oncle ? Une cousine ?

— Non.

Il me lança un regard tranchant.

— C'est vraiment chiant de tout faire soi-même. Je ne suis pas ta mère, Falco Martinez.

37

La traversée de ce Madrid en ébullition fut longue et pénible.

Nous avions attendu le soir pour bouger. Aux hommes en armes et à la fournaise étaient venues s'ajouter des vapeurs d'alcool. Raser les murs, se faire petit. Nos papiers furent contrôlés au moins trois fois.

Après avoir franchi le rio Manzanares nous entrions dans le quartier populaire de Carabanchel. Immeubles bas et tuiles romaines, le tout grisé par la nuit. Ici les fenêtres étaient pavoisées allégrement aux couleurs socialistes et anarchistes. La population semblait poursuivre sa vie malgré les combats qui avaient éclaté dans le centre le matin même.

Je suivais Mayeul. Il me conduisit vers un ancien bâtiment dans la façade duquel s'ouvrait une porte cochère. Une lanterne éclairait l'entrée. Des hommes fumaient devant, dans l'air du soir. Il pénétra sans saluer.

□

Je ne m'attendais pas à ça. Mayeul m'avait conduit dans un bordel.

Un comptoir, des lumières rouges et blanches, des filles en jupes légères. Violentes odeurs de parfum et de tabac blond. Des gars en casquettes étaient assis sur la gauche. Ils buvaient en silence en reluquant les filles. Un tourne-disque diffusait une opérette.

Jacques me fit installer à une table. Une fille, qui devait avoir pas plus de vingt ans, s'approcha pour prendre la commande. Le Français engagea un semblant de conversation.

— On dirait qu'il n'y a pas grand monde ce soir.

Visiblement Jacques connaissait la fille. Elle souriait le plus gracieusement du monde.

— Oui. Ils sont occupés en ville, avec tout ce qui se passe. Les hommes préfèrent les fusils à nos caresses aujourd'hui.

— Il est possible que ça dure quelques jours, mais ne t'inquiète pas. Ils reviendront. Les hommes se lassent vite des fusils, mais moins des caresses.

Deux bières fraîches arrivèrent dans la foulée. Jacques dégusta quelques gorgées puis m'expliqua son idée.

— Je ne peux pas te garder chez moi ni au bureau. Tu n'as nulle part où aller et tu es peut-être déjà recherché. La seule solution que je peux te proposer c'est cet endroit. Je peux te garantir que tu y seras en sécurité, j'y ai mes habitudes.

— Ah oui, quand même. C'est un peu… extravagant.

— Tu fais encore ton bourgeois. Comme je te l'ai dit, c'est ma seule solution. À prendre ou à laisser.

— Bon. Je prends.

— Bien. Je règle ça avec le patron.

Un des rares avantages de mon abri, c'était la radio. Elle était petite et pratique. Ce poste devait coûter une authentique fortune. Grâce à lui, je pus suivre la progression des troupes nationalistes : la prise de Badajoz et le massacre qui s'ensuivit. L'avancée de l'armée d'Afrique vers Madrid, puis finalement sa bifurcation vers Tolède pour sauver les encerclés de l'Alcazar. À Gijón, dans les Asturies, une situation similaire à celle de Madrid s'était présentée, mais la garnison rebelle avait tenu plusieurs jours avant de plier.

Partout des massacres, des vengeances. L'Espagne, ce volcan terrible, venait d'exploser. Et l'éruption était bien partie pour durer.

J'étais sans nouvelles de quiconque. De mes collègues du cabinet, de Juan-Carlos Ortiz et de ses proches. De la Comtesse de Pedraja. Même Jacques Mayeul n'était pas revenu.

On m'avait filé une simple piaule, sous les toits. Cela me rappelait mes années d'étude. Je restais cloîtré là, à me cacher, à tourner en rond et à allumer clope sur clope. Mes pipes me manquaient. Un soupirail me permettait de voir les toits alentour. Je finis par acquérir une connaissance poussée des us et coutumes des volatiles du quartier. Roucoulement entêtant des pigeons.

En journée, c'était souvent Clara qui passait me rendre visite. Elle lavait mes chemises, me portait une collation, du café ou du tabac. On discutait un peu, on riait. Puis, elle partait se préparer pour la nuit. Elle me remontait le moral. J'attendais ses visites avec impatience. Je devinais qu'elle appréciait de côtoyer un homme qui ne songeait pas systématiquement à la chevaucher sur un mauvais matelas à ressorts.

Madrid était quadrillé par toutes sortes de groupes armés. Chaque quartier s'était doté de son tribunal révolutionnaire. Ces derniers étaient surnommés les « Checas » en référence à la Tchéka stalinienne. Surtout l'approche de l'armée de Franco avait accéléré le rythme de la répression. Je n'osais imaginer ce qui était arrivé aux détenus de la prison Modelo. Impossible de savoir si j'étais finalement recherché, moi aussi.

L'été passa ainsi, entre Clara, l'attente, les cafés et la radio. Le tout sous le toit d'un bordel sans prétention du faubourg de Carabanchel. Du bas et des chambres me parvenaient la musique et le bruit des ébats.

39.

L'Alcazar de Tolède, où s'étaient retranchés les putschistes suite à leur échec dans cette ville, fut libéré à l'aube du 28 septembre. Les colonnes anarchistes et l'armée fidèle à la République n'avaient rien pu faire face aux Légionnaires et aux supplétifs marocains, les fameux *regulares*.

Les troupes du camp national furent alors mises en branle pour attaquer et prendre Madrid. C'est le 18 octobre qu'elles arrivèrent en vue des toits de la capitale. Des accrochages eurent lieu les jours suivants. La radio parlait de quatre colonnes qui convergeaient vers la ville et d'une cinquième, composée de partisans de la cause nationale, qui se cachait et se tenait prête à l'action pour reprendre la ville de l'intérieur.

Les autorités révolutionnaires se déchaînèrent. La radio crachait des passions exaltées. La traque aux suspects battait son plein.

C'est le 8 novembre que débuta le grand assaut.

□

Une froidure sèche avait gagné mon abri. Morne poussière de novembre. J'entendais au loin la canonnade. Longue, lourde, ronflante. Elle me rappelait l'assaut de la caserne, presque quatre mois auparavant.

Je ne parvenais pas à mesurer ma chance. Nul ne m'avait trouvé ici. Or je savais parfaitement que l'endroit, comme beaucoup d'autres, servait pour des opérations de renseignement. Il était même possible que des hommes de l'ambassade soviétique, qui œuvraient en sous-main pour Elsa Bernstein, soient passés faire un tour dans les parages. Le bordel, situé au cœur de l'un des quartiers les plus populaires de Madrid, servait de lieu de rendez-vous discret pour certaines autorités. C'est Clara qui me l'avait appris.

Ma surprise fut immense lorsque Mayeul débarqua dans mon abri en sous-pente, totalement survolté. Je ne l'avais pas vu depuis le mois de juillet. Et il n'était pas seul. Je fus sidéré de trouver devant moi, mal rasé et visiblement fatigué, José Ortega, le fils de mon patron. Mon adversaire d'hier.

— Bonjour, Falco.

Ce dernier était dépité, voûté et sale.

Cette apparition me rappela une époque lointaine, une époque vieille de six mois en arrière, où j'étais encore un jeune avocat promis à un brillant avenir. Aujourd'hui je me planquais dans une soupente, tel Quasimodo.

Qu'est-ce que José Ortega venait faire dans un bordel de Carabanchel ? La présence de Jacques annonçait de nouveaux orages.

— Qu'est-ce qui vous emmène ici ? Je vais de surprises en surprises avec toi, Mayeul.

Le journaliste français me répondit, la voix passée de fatigue.

— Luis Ortega est mort. Condamné à la va-vite il y a une semaine et fusillé. Un comble pour un avocat de sa trempe. Sûrement à cause du dossier de Juan-Carlos Ortiz dont tu t'occupais. Il y a fort à parier qu'on te recherche, toi aussi. Ils vident les prisons depuis quelques jours. Des camions partent vers l'est et reviennent vides. J'ai continué à m'intéresser à tes histoires, Falco, comme tu peux le constater… Hier, j'ai retrouvé José Ortega, ici présent.

Ce dernier releva lourdement la tête. Il articulait platement, tel un automate.

— J'étais à la demeure familiale, caché dans la cave. Mon père a disparu depuis plusieurs jours. C'est lui qui m'a appris sa mort.

Il pointa Mayeul du menton. José était visiblement en état de choc. Il transpirait malgré la fraîcheur ambiante et son extrême pâleur.

La mort de Luis Ortega me fit presque tressaillir. Mon mentor avait été tué.

Mayeul m'expliqua succinctement les circonstances de sa rencontre avec Pepe.

— Je suis arrivé juste après le passage d'un groupe de pillards. Je voulais trouver des documents chez Ortega. On m'a frappé dans le dos.

— C'était moi. Je pensais qu'il s'agissait d'un retardataire. Je voulais l'assommer, mais je me suis raté.

— Je l'ai reconnu ! C'était le fils de Luis Ortega !

— Et alors nous avons parlé. Il m'a proposé une nouvelle planque. Et me voilà ici… Il m'a dit que tu serais là, et que nous aurions certainement un tas de choses à nous raconter, pour attendre la fin de tout ça. Il sait que nous sommes de la même boutique. Enfin… que nous étions de la même boutique. Je n'ai aucune nouvelle des gens du cabinet. Je dois bien avouer que je ne suis guère enthousiaste à l'idée de passer du temps avec toi. Je ne me sens vraiment pas bien. Il y a de l'eau ici ?

Son regard affolé me frappait de biais. Je lui remplissais un verre à partir du broc que me montait Clara chaque matin.

— Il va donc falloir que je partage cette piaule ? C'est ça ? Mes condoléances pour ton père. Cet homme m'a beaucoup apporté. Si ce n'est tout…

Mayeul, qui constatait que Pepe et moi n'étions pas de si bons amis finalement, ne put s'empêcher de passer du coq à l'âne.

— Tiens, au fait, j'ai des nouvelles de ta Comtesse. Elle est à Burgos, c'est devenu une amie intime de Franco.

40.

Les nationalistes échouèrent à percer à Casa de Campo en se heurtant aux hommes de la XIe brigade internationale. Le lendemain ils se lancèrent dans des attaques frénétiques sur le quartier de Carabanchel. C'est là que se trouvait notre refuge.

Mayeul, après avoir déposé José Ortega dans ma piaule sale, s'était retiré promptement. Il devait couvrir les combats.

Les obus pleuvaient sur le quartier. Les moteurs d'avions se faisaient entendre par intermittences, entre deux explosions. Les assaillants mettaient le paquet. Les combats se rapprochaient. Au milieu de tout le boucan qui emplissait la petite chambre, Pepe et moi parvenions à discuter par intermittence. Nous évoquions la mémoire de son père, dans des phrases courtes. Puis la conduite à tenir pour la suite.

Nous parvenions à une conclusion commune : il fallait quitter la ville par tous les moyens, quitte à se faire capturer par les nationalistes ce afin d'éviter une arrestation imparable. Arrestation signifiant pour nous mort certaine.

Une détonation plus proche fit se soulever la poussière des quelques meubles. Je toussotais. Deux minutes plus tard, Clara, pour une fois correctement vêtue, vint nous chercher. Elle devait presque hurler pour se faire entendre.

— Il faut se tirer, et vite. Ils arrivent. Une fois ici ils brûleront tout !

— C'est possible.

Je rassemblais rapidement mes rares affaires. José n'avait rien, si ce n'est ses vêtements. Les filles qui résidaient sur place s'étaient regroupées près du bar, au rez-de-chaussée. Elles nous observaient d'un œil affolé et chuchotaient. La plupart ne savaient rien de notre présence dans ces murs.

Clara, son ample chevelure brune flottant autour de sa tête, s'avança vers nous.

— Vu vos allures, vous serez immédiatement arrêtés. Tous les jeunes hommes se battent. Pas vous. Ça va attirer les ennuis.

À ma surprise Pepe prit les devants.

— Elle dit vrai ! Il va falloir improviser. Passez-nous deux jupes et deux foulards.

Dans la minute je me retrouvais travesti, affublé en grand-mère. Les filles avaient enveloppé nos effets virils dans des baluchons. Nous devions donc jouer le rôle de dames fuyant les combats. Je m'insurgeais intérieurement en songeant qu'on allait certainement nous prendre pour des vieilles putes à la vue de notre entourage.

□

En réalité personne ne fit attention à nous. Les soldats et civils qui galopaient dans les rues étaient trop occupés. Le spectacle me donna le vertige. Je n'étais pas sorti de ma cachette depuis plusieurs mois. La fraîcheur mordante qui ondulait sur mes jambes nues me fit frissonner. Nous devions être ridicules.

Nous avancions au petit trot vers le nord et le pont de Tolède qui conduisait au centre-ville. Les obus tombaient de manière erratique sur le faubourg. Les habitants étaient à notre image. Ils s'équipaient de valises, de baluchons, de lourdes vestes et se mettaient en route à pas pressés, en colonnes loqueteuses. Les têtes tressaillaient à chaque nouvelle explosion.

— Le vent passe sous ma jupe !

— Boucle-là ! Tu as entendu ta voix ?

— Mince…

Je mordis ma langue pour m'éviter un éclat de rire.

Une colonne de miliciens passa en direction des combats, l'arme à la bretelle, en rangs serrés. Je réajustais mon foulard. Ils devaient certainement se battre depuis l'assaut de la veille. Visages piqués de barbes dures, teints gris, yeux mi-clos de fatigue. Ils arboraient les couleurs anarchistes.

Notre groupe, après avoir franchi le pont, se rassembla porte de Tolède. L'espace dégagé permettait d'observer les évolutions des nombreux avions qui survolaient la ville. Vilains rapaces en quête de proies. Je n'en avais jamais vu autant, ils devaient être plus d'une vingtaine. Ils passaient, en ligne droite, à haute altitude. De certains se détachaient des chapelets de petits points noirs qui ensuite planaient vers le sol à grande vélocité. Des bombes. On ne pouvait voir les points d'impact, mais on devinait les explosions, au loin. Des panaches noirs gorgés d'incendies montaient des divers quartiers de la cité assiégée. Madrid était décidément méconnaissable. Immeubles ruinés, barricades, hommes en armes, incendies, explosions diverses, etc. Un petit coin d'enfer, en somme.

Notre groupe hétéroclite s'arrêta ici. Les filles s'embrassèrent en se souhaitant bonne chance. Clara se tourna vers nous deux :

— Bien. Vous avez un endroit où aller ?

— Si nous étions cachés auprès de vous, c'est que nous n'avions nulle part d'autre où nous rendre.

— Je vois. Pour ma part je vais aller chez une tante, qui habite dans le centre. J'ignore si elle sera encore chez elle, mais c'est mon seul point de chute. Si vous voulez, venez avec moi.

— Ta tante acceptera des étrangers chez elle ?

— C'est une pute à la retraite. Elle comprendra. Elle ne pourra pas s'empêcher de se moquer de vous en vous voyant déguisés ainsi.

— Si tu le dis… En avant donc chez ta tante ! Au point où nous en sommes…

En effet, mieux valait ne pas être trop regardant.

La tante de Clara vivait dans un immeuble austère, près de Cuatro Caminos. Voûtée, quoiqu'encore jolie, la résidente du petit appartement semblait se moquer éperdument du monde qui dégringolait autour d'elle. Elle était focalisée sur la confection de napperons et la consommation de thé. Combien avait-elle connu d'hommes ? La question me taraudait. Sa nièce avait pas mal de succès au bordel de Carabanchel. Avait-elle connu les mêmes gloires, de son temps ? En tout cas prit-elle soin d'étaler des couvertures dans un coin de la pièce à vivre, ce afin que nous puissions nous étendre, Pepe et moi. Nous pouvions enfin repasser nos effets masculins.

Clara s'agitait en tous sens et pestait. Sa tante n'avait pas de pains ni de nouilles. Cela devenait difficile à trouver en ville. Il fallut se rabattre sur des boîtes de sardines et des bouts de fromages croûteux. Clara nous observait d'un air mutin alors que nous nous bourrions l'estomac de ces maigres victuailles.

— Vous allez faire quoi maintenant ? Car ici ça ne peut être que temporaire. Trouver des vivres pour quatre va devenir très compliqué.

— Je suppose. C'est toi qui nous as proposé de venir.

J'étais plus ou moins résigné. José Ortega fit une suggestion.

— Si on essayait de retrouver le journaliste français ? Il a de la ressource et de la suite dans les idées. Il a été de bon secours.

Cette suggestion me laissa rêveur. Je me remémorais la terrible virée en bolide près de San Lorenzo. Mayeul était un radical. Soit il vous plongeait dans une inextricable merde, soit il vous sauvait entièrement la mise. Aucune tiédeur n'était possible chez cet homme.

Clara se porta volontaire.

— Demain j'irai le trouver, votre journaliste français. Vous n'aurez qu'à attendre ici et vous reposer. Ne mangez pas tout !

Il ne restait pas grand-chose dans les placards.

□

Je ne parvenais pas à dormir. Je m'étais levé, silencieux, et avais entrouvert la fenêtre. Cette nuit était plus calme que la précédente. Les tirs au lointain étaient moins fréquents, la musique guerrière se faisait plus supportable. Je contemplais le ciel. J'avais rarement contemplé autant d'étoiles au-dessus de Madrid. Les restrictions quant à l'usage de la lumière artificielle avaient leurs avantages.

Perdu dans mes méditations, je sentis une main passer sur ma nuque. Une caresse.

Je ne sursautais pas. Je savais que c'était Clara. Je me retournais doucement. Elle me prit par la main. Je pouvais entrevoir son regard ardent dans la pénombre. Elle me tira doucement vers la porte du petit cellier. Elle referma sans claquer. Nous étions dans le noir complet.
Ses mains agiles ne mirent qu'un instant à défaire mes boutons de chemise. Mon pantalon tomba au sol. Le sang me battait les tempes. Je la sentis s'agenouiller devant moi. Quelques coups de langue sur mon sexe achevèrent de me rendre dur. Puis elle me prit entièrement en bouche. Je me mordais la lèvre afin de ne pas geindre de plaisir. Une

onde bienfaisante monta de mon entrejambe vers mes épaules et mon crâne. C'était délicieux.

Clara se débrouillait très bien.

42

Elle partit au matin, sourire aux lèvres et pardessus sur les épaules. Elle voulait trouver Mayeul et une solution plus durable pour nous qui étions désormais des réfugiés au milieu du séjour de sa tante. Par le rebord de la fenêtre, je la vis tourner au coin de la rue. Je recrachais doucement la fumée d'une cigarette.

Cette fille était vraiment jolie. J'étais un chanceux.

Les discussions matinales avec José me rassurèrent vite. Ce dernier n'avait rien perçu de nos ébats nocturnes.

La journée se passa entre une chaise bancale et la fenêtre, à écouter les grondements de la bataille au lointain et à fumer du mauvais tabac. Cela semblait être chaud dans le secteur de Casa de Campo. Je pensais à la prison Modelo qui se trouvait dans ces parages. Juan-Carlos Ortiz y Pulido était-il encore en vie ? Où était sa cousine, la Comtesse de Pedraja ? Et mes collègues du bureau ? En sécurité, je l'espérais. Je méditais la mort de Luis Ortega. Quel était le sens caché de cette bagarre ? L'idéologie ? Le sens de l'Histoire pouvait-il apporter un éclairage sur ces bains de sang ?

La misère de notre situation éclata plus encore lorsque l'habitante des lieux nous apprit qu'il n'y aurait rien au déjeuner. Il fallut se rabattre sur le thé. Je me sentis honteux d'avoir contribué à siphonner les maigres réserves alimentaires de notre hôte.

Je repris espoir en fin de journée, lorsque Clara revint.

— J'ai retrouvé votre ami français. Il accompagne des volontaires étrangers. Il a dit qu'il ferait son possible pour passer ce soir, mais tard.

— Comment as-tu fait pour le trouver dans cette ville ? C'est l'anarchie. Le gouvernement s'est même tiré à Valence.

— Je connais tout Madrid. Et ce genre de personnage se trouve facilement. On fait mieux, niveau discrétion.

C'était vrai, Mayeul avait besoin de quelque peu s'améliorer sur ce point.

La plus grande surprise fut lorsque Clara ouvrit son pardessus. Elle était parvenue à dégoter une saucisse sèche ! Cette dernière n'eut guère le temps de crier ouf. Elle fut tranchée et engloutie dans l'instant.

Je n'osais imaginer la manière dont elle avait obtenu cette nourriture. Tomber amoureux d'une prostituée était bien la dernière chose à faire, surtout dans ces conditions.

43

Il arriva le soir, méconnaissable.

Jacques Mayeul arborait des traits tirés et une barbe de plus de trois jours. Il était vêtu d'une veste en tweed. Malgré son état, il s'était octroyé le luxe de se passer la nuque à l'eau de Cologne. Les narines ne pouvaient trahir sur ce point. Pour ma part, je n'avais pas vu l'ombre d'un flacon de parfum depuis de longues semaines. La lassitude de Jacques était perceptible. Il manquait de sommeil et était surmené.

Le thé rituel fut servi et nous nous installâmes autour de la petite table de la cuisine. La nappe brodée paraissait presque ridicule dans ce contexte guerrier. La tante de Clara s'excusa, elle ne pouvait offrir mieux. Les queues devant les magasins de ravitaillement étaient trop longues. Elle revenait presque systématiquement bredouille.

Il engagea la conversation.

— On dirait que vous vous en êtes bien sortis. Je suis content.

J'avais du mal à percevoir de la joie dans son regard. Ses yeux étaient secs de toute expression.

— Oui, et on peut dire que c'est très largement grâce à toi. Et à Clara.

— Peut-être. En tout cas j'ai cru comprendre que vous étiez encore dans la panade.

— Oui, et c'est pour ça que nous faisons appel à toi, à nouveau. Tu connais la situation. D'après nous il faudrait impérativement quitter la ville. Comme tu le sais, nos noms, à José Ortega et moi-même, sont certainement inscrits sur une liste. De toute évidence il ne s'agit pas de la bonne liste… Nous voulons ton conseil.

Les tasses tintaient contre les coupelles. Il but une rasade fumante, le temps de réfléchir à une réponse.

— Il faut se tirer. C'est évident. Les nationalistes ne passeront pas. Tout ce que la République compte de forces militaires valables a été rameuté pour la défense de Madrid. Ils tiendront. Or votre seul espoir de survie, à terme, et de passer la ligne de front. Cette affaire dure déjà depuis quatre mois, et c'est parti pour durer longtemps. J'ai une idée, mais c'est très risqué.

— Raconte toujours.

— Il faudrait attendre le bon moment. La solution consisterait à s'engager dans les rangs des milices ouvrières ou des brigades internationales. Et d'ensuite tout mettre en œuvre pour se faire capturer par les nationalistes.

— Je comprends mieux pourquoi tu évoques le côté risqué de cette idée… En gros il va falloir s'exposer au maximum. Peut-être se faire tuer. Le tout pour finir en captivité… C'est brillant !

— Tu me demandes mon avis. Je te le donne. Ne viens pas chialer ensuite si mes réponses ne te conviennent pas.

— Sait-on au moins comment les nationalistes traitent les prisonniers ? On parle de massacres à la pelle. Je ne veux pas quitter ce côté-ci si c'est pour trouver plus de réjouissances de l'autre…

— Des massacres ont été commis, des deux côtés. Les nationalistes se sont illustrés à Badajoz. Ils ont zigouillé tout ce qu'ils pouvaient. Mais maintenant que le conflit s'installe, le traitement des prisonniers semble se clarifier. En gros si vous n'êtes pas un leader révolutionnaire, mais plutôt un simple combattant, vous avez de sérieuses chances de vous retrouver simplement interné. Et non tué sur place.

— C'est mieux, en effet.

Pepe, qui jusque-là sirotait son thé en silence, fut piqué par ces propos.

— Et de l'autre côté, ils vont nous reconnaître et nous serons enfin libres ? Personnellement je veux bien tenter le coup. Si cette histoire dure encore des semaines ou des mois dans ces conditions il est certain que nous serons capturés. Cela pourrait également nuire aux personnes qui nous aident. Comme vous, Clara. Ou encore vous madame.

Il disait cela en se tournant vers la maîtresse des lieux. Elle ne semblait guère comprendre les enjeux de la discussion. Je repris les rênes de l'échange.

— Comment pouvons-nous faire ? Disons concrètement les choses. C'est bien beau de vouloir se faire passer pour un combattant de la Révolution prolétarienne, mais il faut arriver à se faire intégrer dans une structure. Ce n'est pas si simple, surtout dans notre cas.

Le Français engloutit son fond de thé tiédasse en braquant la nuque et me dit dans une œillade :

— Ça, c'est mon affaire. Tenez-vous prêt pour les prochains jours. Je passerai vous récupérer. Prévoyez de quoi être à l'extérieur.

Je sentais que la séparation avec Clara allait être délicate.

44

15 novembre 1936

Les amis de Jacques tiraient la gueule.

Car oui, Jacques était devenu copain avec ce genre de gars. Il les accompagnait sur le front. Il prenait des risques en les accompagnants, même s'il ne portait pas d'armes. En tout cas de manière visible. Moi, je savais qu'il trimballait un petit revolver sous son veston. Ce n'était pas des communistes ou des socialistes, ou encore des trotskystes du POUM[2]. C'était des anarchistes de la colonne Durruti. La plupart étaient catalans, mais il y avait aussi des Français, des Italiens et quelques Allemands. Débraillés, méprisant vertement les us et coutumes militaires, ils ne ressemblaient en rien à des soldats. Mais ils étaient indéniablement braves. Leurs brassards rouges et noirs, portés fièrement sur leurs tenues ouvrières, me rappelaient les couleurs de leurs ennemis phalangistes. Plus surprenant, il y avait beaucoup de femmes combattantes.

Jacques couvrait leurs activités. Il s'était acoquiné avec les Français de la formation. Ces derniers paraissaient plus farouches encore que leurs camarades d'autres nationalités. Traits émaciés et fatigués, armés de bric et de broc, clopes aux becs. Ils ressemblaient à des apaches parisiens.

Leur chef, Buenaventura Durruti, était un personnage. Militant de la

---

[2] Parti ouvrier d'unification marxiste

cause ouvrière depuis son adolescence, c'était un acharné de la Révolution. Il avait tout vu, tout vécu. Parutions de journaux interdits, tentatives d'attentats, déportation, braquages de banques, exil en France et en Amérique du Sud, etc. C'était un pur et dur. Il était présent à Barcelone lors du coup manqué du 18 juillet. Lui et ses hommes avaient écrasé les rebelles nationalistes et pris le contrôle de la ville. Ils avaient néanmoins échoué, les semaines suivantes, dans leurs tentatives de reprendre Saragosse et l'Aragon. Dès que Madrid fut menacé, Durruti se pointa dans la capitale avec quelques centaines de combattants afin de participer à la défense de la cité.

Mayeul, avant de se retirer, nous avait présentés directement à Durruti. Ce dernier, à l'image de tout le monde dans ce Madrid en guerre, était visiblement surmené. Je ne le connaissais qu'en photos, mais on le reconnaissait sans peines. Ses traits étaient caractéristiques, puissants et osseux. Un immense calot rouge et noir lui enserrait le crâne. Le bonhomme tournait au café.

— Vous êtes de la tendance anarcho-syndicaliste, ou d'une autre ? Je m'en branle. Tant que vous me casserez du fasciste, ça m'ira. Vous rejoindrez la centurie Bakounine. Je compte sur vous !

□

Les gars de la centurie Bakounine offraient un fort contraste. Exaltation révolutionnaire pouvait se marier allégrement avec dépression chronique et forte consommation d'alcool.

Nous étions disposés en réserve, au quartier général de la colonne. Il avait été installé dans la rue Miguel Ángel, loin de la zone des combats. L'immeuble était pavoisé aux couleurs anarchistes. Les hommes et filles en armes passaient à travers le hall dans un cliquetis métallique. Odeurs d'huile d'armement et de crasse. Ils venaient se ravitailler en munitions avant de reprendre la lutte. Effervescence. Ils donnaient tout pour défendre Madrid. Leur foi semblait inébranlable, leurs yeux lançaient des éclairs. La vision de ces jeunes femmes en bleus de travail portant fusils et ceinturons surchargés m'emplissait d'admiration et d'inquiétude. Tout ce que je concevais comme bon, toutes mes certitudes, s'envolait.

Le parc automobile de la colonne, pour le moins éclectique, était stationné dans la rue. Le véhicule de Durruti, une superbe Packard décapotable, côtoyait divers camions qui avaient été blindés avec le tout-venant. Des plaques d'aciers boulonnées avaient été fixées directement sur les ridelles. Artisanat d'apocalypse. Les flancs des véhicules étaient truffés de slogans tracés à la peinture ou à la craie. Partout il y avait des sigles anarchistes ou des *Columna Durruti*.

Je fis un effort d'intégration auprès de mes nouveaux camarades. Ne possédant aucune culture quant à la radicalité de gauche, le plus aisé semblait de se faire passer pour un simple ouvrier ayant une grosse dent contre les bourgeois, les catholiques et les fascistes. Cela sembla fonctionner. Pepe calqua son comportement sur le mien. On nous parla peu, mais on ne chercha aucun problème. De toute façon tout le monde était trop occupé pour s'intéresser à nous. Les combattants de la République venaient de partout et de nulle part.

Ma surprise fut immense lorsque je constatais que ces jeunes gens

241

possédaient en réalité une vaste culture classique. Le peu de temps libre qu'ils avaient, il le consacrait à lire livres et journaux. Ils discutaient beaucoup de philosophie, de réformes agraires, de méthodes éducatives pour les enfants, etc. Des couples étaient nés dans cette troupe. La relation libre semblait être le régime standard.

Bref, je découvrais un univers totalement inconnu. Un univers presque abscons dans le contexte guerrier du moment.

45

On nous disposa finalement en réserve, non loin du campus universitaire situé au nord de la ville. Les communistes d'une autre colonne, la *Columna Libertad*, s'étaient placés sous le contrôle anarchiste de Durruti. Dans le secteur, d'autres unités communistes, dont des étrangers de la XIe brigade internationale commandés par El Campesino, étaient également disposées. L'entente était délicate entre les différentes tendances révolutionnaires.

Les nationalistes voulaient à tout prix franchir le rio Manzanares et ainsi pénétrer dans la cité universitaire. Cette base de départ une fois conquise leur permettrait de lancer une attaque plus ambitieuse par le flanc nord de l'agglomération et ainsi prendre le centre-ville.

Les brigadistes avaient repoussé avec courage les assauts des légionnaires et des Marocains au Puente de los Franceses. Mais les Maures, tenaces et fanatisés, redoublaient d'efforts. Finalement ils parvinrent à traverser la rivière malgré les tirs nourris grâce à un point bas de la berge. Ils mourraient par dizaines, mais rien ne pouvait briser leur élan. Des chars de combat, certainement pilotés par des équipages allemands, appuyaient les fantassins. Ce fut la déroute pour les défenseurs. Les Marocains, menés par des officiers à casquettes armés de lourds pistolets Astra, se précipitèrent vers la faculté d'architecture et en prirent le contrôle.

Mon unité ne fut pas engagée dans ces combats. On nous réservait pour un autre travail.

Finalement le soir arriva et les combats se calmèrent alors que l'obscurité s'installait.

□

On fumait beaucoup. On parlait un peu.

Les chefs de la junte de défense de Madrid s'étaient rencontrés. Il fallait contre-attaquer au plus vite, détruire la tête de pont établie par les fascistes. L'assaut était prévu pour le 19 novembre, au matin.

Je prenais Pepe à l'écart.

— Alors ? On tente le coup ? Ce sera le moment ou jamais. Plus nous restons ici plus nous courrons le risque d'être reconnus.

— Oui, je le sais bien. Il faudra trouver le bon créneau. On ne sait pas comment ça va se dérouler. Pour un peu on se fera tuer avant même d'avoir pu lever les mains en l'air.

— On avisera.

— De toute façon, je te suis.

46.

19 novembre 1936

La cité universitaire était inachevée lorsqu'éclata le coup militaire de juillet 1936. Des bâtiments encore en chantier côtoyaient des structures neuves bâties dans un style fonctionnel et élégant. L'ensemble ressemblait à une sorte d'immense terrain vague sur lequel on aurait déposé, un peu au hasard, d'énormes blocs de nature minérale. On éprouvait le sentiment de se battre dans un immense décor en carton-pâte.

Les ordres étaient simples : sortir des tranchées qui avaient été creusées à la va-vite dans le Parc Métropolitain et foncer vers les bâtiments tenus par l'ennemi. Plus précisément, notre objectif était le complexe de l'Hôpital-Clinique San Carlos. Du haut d'une élévation de terrain, il dominait toute l'étendue environnante. Si l'opération se déroulait comme prévu, le campus serait reconquis dès le soir et les nationalistes rejetés sur l'autre berge de la rivière.

□

Mon cœur culbutait ma cage thoracique à m'en faire hurler. J'étais dans un état de tension inédit. Il était aux environs des sept heures du matin.

Un coup de sifflet retentit. Les drapeaux de la République et les bannières rouges et noires de l'anarchisme se dressèrent vers le ciel de novembre.

— En avant ! Vive l'anarchisme ! Mort aux fascistes ! ¡ *No pasarán !*

Je m'élançais, Pepe à mes côtés. Nous courûmes comme des dératés vers l'objectif fixé.

C'est vers là-bas que pour nous que se trouvait le salut. Ou la mort.

Je savais désormais ce qu'avaient pu éprouver les hommes et femmes qui étaient montés à l'assaut de la caserne de la Montaña, quelques mois auparavant. Sentiment d'être une bête traquée. Les balles sifflaient autour de nous. Je pensais à Clara, à la Comtesse, à ma mère. Toutes mes femmes s'entremêlaient. La mâchoire se serrait pour ne pas hurler.

Rapidement nous nous sommes retrouvés coincés dans un petit entonnoir d'obus. Deux autres miliciens avaient aussi atterri dans ce trou.

Je m'efforçais de reprendre mes esprits. Je n'avais jamais respiré aussi vite.

Les deux gars n'étaient pas de notre groupe de départ. C'était des Allemands. Eux aussi étaient survoltés. Les minutes passèrent. Un des Germains sortait régulièrement le buste pour décocher un tir. Ils nous regardaient de temps en temps, incrédules. Ils ne comprenaient pas pourquoi nous ne tirions pas. Ils voulaient nous parler, mais ils baragouinaient avec peine l'espagnol. Dans le fracas ambiant, il était difficile de s'entendre. Je me décidais finalement à tirer quelques coups vers la clinique, pour donner au change. Et surtout éviter de me mettre à dos les deux Ostrogoths. Il ne fallait pas rigoler avec des hommes armés, surtout avec d'anciens dockers de Hambourg.

Le ciel était gris acier. Le vent coulait. Doux frissons.

Il nous était impossible de quitter cette position. Nous étions bloqués. De petits groupes épars tentaient de poursuivre l'attaque. Plusieurs gars se faisaient bêtement abattre. L'ennemi restait invisible, retranché dans l'énorme carcasse de l'hôpital-clinique. La brutalité et la fulgurance du départ de l'attaque laissaient peu à peu place à l'attente et aux coups isolés.

Les Allemands se résignèrent et cessèrent de gaspiller leurs cartouches. Ils s'assirent avec nous au fond de notre étroit retranchement. Tout le monde se mit à fumer, silencieux.

C'est peu après midi qu'une estafette, zigzaguant sur le terrain informe afin d'éviter les tirs, monta jusqu'à nous. Il s'écroula au fond du trou, haletant et couvert de poussière molle.

— Ces fils de putes ont eu Durruti ! Il est gravement blessé.

— Merde !

Les Allemands semblaient comprendre à demi-mot ce qui se passait. Leurs yeux roulaient d'interrogations.

— Comment ça ? Qu'est-ce qui s'est passé ?

— Ce n'est pas clair. La seule chose certaine, c'est qu'il est gravement touché. Je l'ai vu de mes yeux, je te dis ! Il était dans sa Packard quand il a été atteint ! Il voulait suivre l'attaque de plus près. On l'a transporté immédiatement à l'hôpital de campagne, du côté de l'hôtel Ritz.

— Les cons ! On fait quoi maintenant ? Tu penses qu'il va mourir ?

— Aux vues des blessures, c'est un miracle s'il s'en sort. C'est à la tête.

Un des deux géants germaniques se mit à sangloter. L'autre tâchait de le réconforter, le visage dur. Un héros hors-norme de l'anarchisme international venait de disparaître de la scène madrilène. Ça valait bien une larme.

L'estafette reprit la parole.

— C'est comme vous voulez maintenant. On n'a pas d'ordres. Pour ma part je vais essayer de faire tourner l'information. J'espère que ça remotivera les gars. On va le venger, notre Durruti !

Il but une rasade à sa gourde avant de jaillir hors du trou, fusil au dos. On aurait presque dit un lièvre. Un tir l'évita de quelques centimètres. Nous ne pouvions courir aussi prestement. Il valait mieux rester là.

47

Une pluie légère se mit à tomber. Mon échine frissonnait. La lumière baissait. Le soleil, derrière ce ciel muré, devait être désormais loin à l'ouest. Nous n'avions plus de tabac.

Il nous fallut un bon moment pour faire comprendre aux deux volontaires étrangers qu'il valait mieux attendre l'obscurité avant de quitter notre abri. Ce dernier, un trou sommaire, remplissait malgré tout son office.

L'attaque semblait se poursuivre plus au nord. De notre côté le calme était retombé. Il n'y avait même plus de tirs isolés. Je me demandais où pouvaient être passés les dizaines d'hommes qui avaient chargé avec nous le matin. Ne pouvant sortir qu'à peine la tête du trou il était compliqué de se faire une idée précise de la situation alentour. Nous étions isolés.

Je me tournais vers Pepe. Il somnolait sous sa veste à mes côtés, mal rasé. La pluie ne semblait pas le déranger.

— Pepe ?

— Mmmh ?

— Tu m'entends ?

— Oui.

— C'est ce soir ou jamais.

— Je sais, c'est pour ça que j'essaye de prendre des forces.

— Comment on fait, je veux dire… pour les deux autres ?

Il entrouvrit un œil rouillé pour les observer. Eux aussi piquaient un somme. La guerre était décidément crevante.

— On verra tout à l'heure. Tiens, il est quelle heure d'ailleurs ?

Je jetais un coup d'œil à ma montre. Lui n'en avait pas.

— 17 heures 30.

— C'est pour bientôt alors. Je continue à dormir. Réveille-moi si ça bouge.

— D'accord.

Impossible pour moi de sombrer, je restais éveillé. Nulle pensée. Seulement les sens à vifs.

□

Ce n'était qu'une averse passagère. Elle avait néanmoins détrempé en profondeur nos vêtements. Nous sentions le chien mouillé et nous avions froid. La lumière baissait rapidement. On ne devait bientôt voir à plus de cinq mètres.

Je donnais un coup de coude dans les côtes de Pepe. Il ne dormait plus depuis un moment, mais nous ne parlions pas. Hors de question d'alerter nos deux compagnons de trou qui poursuivaient leur somme, épuisés par ces péripéties ibériques.

Le calme. La nuit.

José Ortega comprit. C'était le moment de se tirer.

Je lui fis signe de laisser les fusils. Quand on se rend, c'est sans armes. Nous nous efforcions de générer le moins de sons possible. Je retirais mes cartouchières, lentement. Pepe se hissa vers l'extérieur en premier. Il s'accroupit prestement sur le rebord de l'excavation pour m'aider à me hisser.

C'est lorsque je sortais le buste que je sentis une solide paire de mains m'agripper les chevilles à toute force. Écartèlement entre les bras de Pepe, qui m'enserraient les épaules, et mes chevilles.

— Putain, ils se sont réveillés ! Accroche-toi Falco !

Je me débattais et parvint à décocher un superbe coup de pied sur la face de l'un des deux dockers. Hurlement de surprise dans la langue de Goethe. Je pus enfin jaillir hors du terrier. En tournant mon regard dans le noir, je pus distinguer les tronches terribles que tiraient les deux volontaires étrangers.

Nous nous sommes mis à galoper en direction de la clinique. Je levais les pieds, de peur de heurter un corps ou de trébucher dans une ornière alors que je courais.

Un coup de feu déchira l'air presque froid de cette nuit de novembre. Pepe hurla. Il était touché. Le tir provenait du trou où nous étions, quelques secondes auparavant. Un des anarchistes avait dû plus ou moins comprendre ce qui était en train de se jouer et avait tiré dans notre direction, au jugé. Je me jetais au sol. Deux ou trois coups partirent en réplique depuis les meurtrières aménagées à la va-vite de l'hôpital-clinique. Les Maures veillaient. L'idée de me retrouver coincé entre deux feux me terrorisait. Je rampais contre la boue vers la direction présumée de Pepe.

Le calme retomba finalement. On n'entendait que quelques coups de fusil dans le lointain. On s'escarmouchait dans d'autres secteurs du front. Je trouvais Pepe à tâtons, étalé sur le sol frais et humide. Je secouais son corps tiède. Rien. J'essayais de lui parler à voix basse.

Aucune réponse. Je passais la main autour de lui, pour le palper. Un liquide chaud et poisseux recouvrit la paume de ma main lorsque je tâtais le milieu de son dos. Aucun mouvement de respiration.

Pepe, le fils de Luis Ortega, venait de se faire abattre d'une manière stupide. Décidément, cette famille payait un lourd tribut à la grande roue de l'Histoire.

48.

Le calme, toujours.

Les combats autour de Madrid, d'une violence extrême, à l'image du choc idéologique dont ils étaient l'émanation, crevaient littéralement les corps et les âmes. Une sorte d'accord tacite s'était instauré malgré les haines réciproques : la nuit, c'était pour dormir et dénouer les muscles las.

Je me retrouvais allongé dans le noir, à côté du corps sans vie de mon ancien rival. Force était d'admettre que c'était devenu un bon copain. J'allais devoir le laisser là, étalé dans la terre du no man's land de la cité universitaire.

Pour ma part je n'avais que peu d'issues. Revenir en arrière, c'était la condamnation à mort. Je finirais dans une fosse, tué par les anarchistes de Durruti. Au moins ne torturaient-ils que peu. Ou peut-être par les Soviétiques d'Elsa Bernstein. J'avais de sérieux doutes au niveau de la torture concernant ces derniers…

Devant moi c'était l'inconnu, et une mort au moins aussi probable.

Je pouvais aussi décider de rester planté là, à attendre le jour. La balle libératrice arriverait dans les brumes du petit matin, faisant disparaître ma vie et mes soucis. Le grand voile noir tomberait et ce serait alors le silence et la paix de la décomposition des chairs.

L'idée pouvait paraître séduisante.

Mais bon, il fallait vivre. Je me levais donc et marchais vers mon objectif.

Les Maures étaient de rudes montagnards rifains. Culture tribale et guerrière aux portes de l'Europe. Il suffisait de franchir un bras de mer pour pénétrer leur monde dur. Les ennemis respectés étaient devenus les supplétifs efficaces de l'armée d'Afrique, cette armée qui désormais s'échinait à prendre d'assaut la capitale espagnole.

C'est un Maure qui pointa son arme, silencieux. Il m'avait vu venir de loin, dans le noir. Et il avait compris. On distinguait à peine ce qui se passait, je fonctionnais à l'instinct. Je levais les mains dans l'air frais. Le museau de son canon luisait doucement. Il le fit bouger lentement pour m'inviter à avancer plus avant. Un autre visage se devinait dans la pénombre. Une casquette. C'était un officier espagnol. Les deux hommes se tenaient dans un renfoncement de l'une des portes de l'hôpital.

— Allez, avance !

Il criait en chuchotant.

Ça semblait bien se dérouler. On ne m'avait pas encore étripé.

Je pénétrais dans le bâtiment. Mes pieds heurtaient des blocs épars. L'officier, un jeune lieutenant harassé, me braquait de son pistolet. Le Maure s'avança et me palpa les poches. J'étais étrangement calme. Une page se tournait. C'est avec soulagement que je sentais cette main passer sur mes vêtements. On me fit baisser les bras et on m'escorta vers l'arrière du bâtiment. Ce dernier commençait à ressembler à une ruine avant même d'avoir pu être achevé. Aucun feu n'avait été allumé et il fallait progresser avec prudence pour ne pas se frotter à un mur. L'édifice était fortement occupé. De nombreux soldats s'efforçaient de prendre un peu de repos, étalés à même le sol sous des couvertures et des toiles de tente. Les fusils et les munitions étaient posés pêle-mêle. Les quelques éveillés m'observaient lorsque je passais devant eux. Certains avec haine, d'autres avec incrédulité. Les prisonniers étaient rares. J'étais une sorte de petite attraction.

Finalement on me fit pénétrer dans une petite pièce centrale, une sorte d'office sans meubles, où un commandant à moustache me pointa le faisceau d'une lampe électrique dans la gueule. C'était le chef espagnol de la troupe de Maures, un commandant. Ses cernes étaient des monuments.

— Tiens, un prisonnier. Tu es le premier que nous cueillons depuis que nous avons franchi la rivière. Tu viens de quelle unité ?

— Colonne Durruti. Anarchistes.

— Oui. Ce sont des enragés. Ils ont essayé de nous déloger aujourd'hui. Vous êtes beaucoup en face ? Comment est le moral chez tes camarades ?

— Durruti s'est fait abattre aujourd'hui. Le moral est passable. Il doit y avoir un bon millier d'anarchistes en face de vous.

La nouvelle de la mort de Buenaventura Durruti lui tira une esquisse de sourire.

— Pourquoi tu te rends ? T'en as marre de te battre ?

— Oui. Surtout, je n'étais pas en sécurité à Madrid. J'étais recherché. Je suis de votre bord.

— Personne n'est en sécurité à Madrid. J'ai perdu 32 hommes hier. Quant à tes histoires, je n'en ai rien à secouer. Je me torche avec tes histoires. On va te faire passer vers l'arrière. J'ignore ce qui t'attend, crois-moi. Si ça ne tenait qu'à moi, tu serais déjà en train de t'étouffer dans ton sang. T'es qu'un rouge. Et pire que tout, un putain de traître de merde. Où as-tu appris que les Espagnols se rendaient, toi ? Que vont penser mes Arabes de nous autres avec tes conneries ? Et qui me dit que tu n'es pas un sale espion ? Enfin. Drôle d'époque…

Je préférais ne rien rétorquer. Et surtout éviter d'affirmer à nouveau que je n'étais pas un rouge. Ça aurait pu l'énerver davantage.

On me fit attendre le jour dans un coin, sous surveillance. À ma grande surprise, on me passa une cigarette que je m'efforçais de fumer le plus lentement possible. J'évitais de trop penser. Au bout d'un moment, la fatigue prit le dessus et une lourde torpeur s'empara de mon crâne. Mes paupières tombèrent comme une herse médiévale.

□

La reprise des combats, lente et progressive à l'image de la montée du soleil dans le ciel de Castille, parvint à m'éveiller totalement. Le temps était au clair.

Deux légionnaires espagnols, visages clos et vestes largement ouvertes comme le voulaient leurs traditions, vinrent me chercher pour m'escorter vers l'arrière. On me fit sortir par le côté le moins exposé de l'hôpital-clinique. Il fallait baisser la tête et dévaler une pente. L'édifice, quasiment encerclé par les républicains, était bâti au sommet d'une légère élévation. Nous avancions au trot sur le campus universitaire, en direction de l'école d'architecture. Des obus tombaient de manière sporadique sur le secteur. Quelques tirs d'armes légères semblaient aussi venir de la droite, en provenance de la faculté de médecine. Il fallait baisser la tête. Les légionnaires parlaient entre eux, en espagnol. Cette situation légèrement périlleuse ne semblait guère les émouvoir. Ils se marraient même comme des gosses. Les pompons au bout de leurs bonnets dodelinaient comme ils marchaient.

Au loin, sur la gauche, au-delà du Parque del Oeste, je pus deviner la silhouette massive et sombre de la prison Modelo. Je pensais à Juan-Carlos Ortiz.

Je sus à cet instant que ce dernier était mort.

C'était une évidence pure. Son corps devait reposer dans une fosse rebouchée à la va-vite, quelque part dans les alentours de Madrid. J'imaginais un coin tranquille, ombragé par quelques petits chênes et des broussailles. Au fond, n'était-ce pas là ce qu'il avait désiré le plus ? Être enfin libéré de ses tourments terrestres ?

Mes yeux s'embrumaient, sans que j'y prenne vraiment garde.

Quelques groupes de soldats avaient commencé à aménager la position et creusaient des retranchements, crispés sur leurs pelles et profitant des quelques mouvements de terrain pour s'abriter. Ce morceau de campus de quelques hectares arraché par les nationalistes représentait leur seule porte disponible pour atteindre le cœur de la ville. Leur seule caution de ce côté du rio Manzanares. Les deux camps le savaient. Donc il fallait creuser et tenir.

C'est en sueur, malgré la fraîcheur de ce matin de novembre, que nous arrivâmes au niveau de l'école d'architecture. Les deux légionnaires, fiancés à la mort, me laissèrent là pour rejoindre leur unité.

Quelques heures plus tard, je franchisais le rio Manzanares, toujours sous escorte, sur une petite passerelle encombrée de porteurs divers et de brancardiers. D'autres ponts étaient en construction.

Cette histoire allait durer encore un bout de temps.

49

Avril 1938 – quelque part dans le León

Des cailloux. Puis encore des cailloux. Je regrettais de ne rien maîtriser quant à la géologie, cela aurait pu me distraire. Il y avait matière. Heureusement nous avions le droit à un peu de tabac. Sinon la nourriture était lamentable. Mais il fallait bien s'alimenter pour tenir.

Nous réalisions des travaux d'irrigation entre Léon et Astorga. La pelle qu'on m'avait distribuée ce jour-là ne tenait pas. La cuillère était branlante et faire de bonnes pelletées s'avérait délicat.

Le temps se remettait au beau. L'hiver avait été rude, mais les gelées nous avaient permis de souffler. En effet, il fut impossible de retourner la terre quand cette dernière devint dure comme le béton.

Nos gardiens, des vieux cons de la Guardia Civil, tricornes rivetés sur les crânes, ne nous emmerdaient pas trop. En tout cas j'avais la chance de ne pas être la tête de Turc.

Nous ne savions pas grand-chose concernant le déroulement du conflit. Des « nouveaux » arrivaient rarement. On savait seulement que les hostilités continuaient et que les nationalistes étaient dans une bonne passe, au grand désespoir de certains de mes codétenus.

Un vaste carré ceinturé de barbelés, quelques baraquements de pierre mal dégrossie montés à la va-vite. C'était notre lieu de couchage. Chaque soir, tard, nous étions rassemblés sur la place d'armes où nous étions méticuleusement comptés. Au-dessus de nous flottait le nouveau drapeau national, de ce côté du front. Sang et or. Et on recomptait encore.

Ce soir-là on nous rassembla, maigres et las, mais on ne nous compta pas. On nous présenta le nouveau responsable du camp. Un militaire. Il s'avança au centre du carré.

C'était le colonel Vinera. L'ami de mon père. Mon parrain.

50.

On l'avait mis ici pour quelques mois, le temps pour lui de se reposer. Il était rentré lessivé de la bataille de Teruel et n'était plus en état de mener une unité combattante.

Il fallut deux semaines pour me faire sortir du camp. Vinera m'avait écouté attentivement. Et finalement il m'avait cru. Certaines démarches administratives furent engagées et je pus finalement sortir. Il m'assura que je n'aurais pas à servir au sein de l'armée.

En passant aux bureaux, je recevais un trousseau complet que je m'empressais d'enfiler. Ma blouse de travail puait et j'étais heureux de la quitter.

Les gardiens, qui m'avaient épié durant plus d'un an et demi, ne pouvaient comprendre les raisons obscures qui permettaient à un rouge de sortir impunément. Comble de tout, un des hommes devait me conduire en véhicule à la gare de León. Ils étaient consternés et me jetaient des regards d'incompréhension et d'amertume.

On ne me donna pas la possibilité de souhaiter bonne chance à mes camarades de labeur. Le moteur démarra au quart de tour. Je laissais le camp derrière moi, sans me retourner.

□

Des eucalyptus. L'air marin. Puis une petite crique encadrée de roches celtiques. Elle s'ouvrait sur l'infinie. Le ciel de Galice était gris ferraille. Le vent régulier emportait les nuages par lambeaux.

Mes chaussures s'emplirent de sable, mes orteils crissaient.

J'étais seul. Il n'y avait que le ressac contre la grève, et moi. Même les mouettes rieuses n'étaient pas venues assister à ma visite aux dieux des océans.

Je m'assis à une dizaine de pas de l'eau, face à l'Atlantique. Je songeais aux profondeurs sans fin, à l'obscurité terrible et aux marins perdus. La mort était partout, même sur cette petite plage apaisée, tranquille.

Voulant chasser ces pensées morbides, je m'obligeais à détailler visuellement les alentours. Au loin sur ma droite, au bout de la crique, une petite silhouette se dessinait. Elle marchait dans ma direction, vaporeuse et souple. Une femme.

Alors je sus. Frissons terribles. C'était une nouvelle diablesse.

Je décidais de l'attendre sur la plage.

Paris — Printemps 2014

Aix-en-Provence — Automne 2016

Remerciements

Merci à Anthony C, Aurélien J, Nicolas F et Ana Isabel CC. Sans eux l'écriture de ce roman aurait été impossible.

Merci à la terre d'Espagne, pour ces paysages infinis et ces émotions terribles. Pour ces histoires merveilleuses emplies de récits morbides, de conquêtes impitoyables, de stucs mauresques et d'odeurs de sève.

Merci à Isabelle L, Typhaine B, Anne-Charlotte L, Bénédicte et Gilles V, Xavier N, Florian L, Aurélien M, Arnaud R, Erik H, Franck P et Jérôme R. Tous m'ont apporté conseils, inspirations, appuis techniques et heures de relecture.

Merci à tous mes proches, ceux qui m'ont encouragé et soutenu même aux pires moments.

Plus que tout merci à Valérie, pour ce livre et surtout pour le reste.

ISBN : 9782956035503

Dépôt légal : Avril 2017

Imprimé par CreateSpace

Couverture réalisée par Valérie Lavigne